KB076812

매화향기 홀로 아득하니

이육사

매화향기 홀로 아득하니

이육사

사과
꽃

George Frederic Watts
Hope
1886

차례

1 광야

2 나의 뮤즈

6 산문

1

광야

광야 曠野

까마득한 날에
하늘이 처음 열리고
어데 닭 우는 소리 들렸으랴

모든 산맥들이
바다를 연모戀慕해 휘달릴 때도
차마 이곳을 범하던 못하였으리라

끊임없는 광음光陰을
부지런한 계절이 피어선 지고
큰 강물이 비로소 길을 열었다

지금 눈 나리고
매화향기 홀로 아득하니
내 여기 가난한 노래의 씨를 뿌려라

다시 천고千古의 뒤에
백마 타고 오는 초인超人이 있어
이 광야에서 목 놓아 부르게 하리라

황혼

내 골방의 커―텐을 걷고
정성된 마음으로 황혼을 맞아드리노니
바다의 흰 갈매기들같이도
인간은 얼마나 외로운 것이냐

황혼아 네 부드러운 손을 힘껏 내밀라
내 뜨거운 입술을 맘대로 맞추어보련다
그리고 네 품안에 안긴 모든 것에
나의 입술을 보내게 해다오

저―십이 성좌의 반짝이는 별들에게도
종소리 저문 삼림 속 그윽한 수녀들에게도
쎄멘트 장판우 그 많은 수인囚人들에게도
의지할 가지 없는 그들의 심장이 얼마나 떨고 있는가

고비사막을 걸어가는 낙타 탄 행상대行商隊에게나
『아프리카』녹음綠陰속 활 쏘는 토인土人들에게라도,
황혼아 네 부드러운 품안에 안기는 동안이라도
지구의 반쪽만을 나의 타는 입술에 맡겨다오

내 오월의 골ㅅ방이 아늑도 하니

황혼아 내일도 또 저―푸른 커―텐을 걷게 하겠지
정정히 사라지긴 시냇물소리 같아서
한번 식어지면 다시는 돌아올 줄 모르나보다

절정 絶頂

매운 계절의 채쭉에 갈겨
마츰내 북방으로 휩쓸려오다.

하늘도 그만 지쳐 끝난 고원高原
서리 빨 칼날 진 그 우에서다

어데다 무릎을 꿇어야 하나?
한발 재겨 디딜 곳조차 없다.

이러매 눈 감아 생각해 볼밖에
겨울은 강철로 된 무지갠가 보다.

청포도

내 고장 칠월은
청포도가 익어가는 시절

이 마을 전설이 주저리주저리 열리고
먼데 하늘이 꿈꾸며 알알이 들어와 박혀

하늘밑 푸른 바다가 가슴을 열고
흰 돛단배가 곱게 밀려서 오면

내가 바라는 손님은 고달픈 몸으로
청포를 입고 찾아온다고 했으니

내 그를 맞아 이 포도를 따 먹으면
두 손은 함뿍 적셔도 좋으련

아이야 우리 식탁엔 은쟁반에
하이얀 모시 수건을 마련해 두렴

자야곡 子夜曲

수만호 빛이래야 할 내 고향이언만
노랑나비도 오 잖는 무덤 우에 이끼만 푸르리라.

슬픔도 자랑도 집어삼키는 검은 꿈
파이프엔 조용히 타오르는 꽃불도 향기론데

연기는 돛대처럼 나려 항구에 들고
옛날의 들창마다 눈동자엔 짜운 소금이 저려

바람 불고 눈보래 치 잖으면 못살이라
매운 술을 마셔 돌아가는 그림자 발자취소리

숨막힐 마음속에 어데 강물이 흐르느뇨
달은 강을 따르고 나는 차듸 찬 강 맘에 들리라

수만호 빛이랴야 할 내 고향이언만
노랑나비도 오 잖는 무덤 우에 이끼만 푸르러라.

한 개의 별을 노래하자

한 개의 별을 노래하자 꼭 한 개의 별을

십이성좌十二星座 그 숱한 별을 어찌나 노래하겠니

꼭 한 개의 별! 아침 날 때 보고 저녁 들 때도 보는 별
우리들과 아—주 친하고 그 중 빛나는 별을
노래하자
아름다운 미래를 꾸며 볼 동방의 큰 별을 가지자

한 개의 별을 가지는 건 한 개의 지구를 갖는 것
아롱진 설움밖에 잃을 것도 없는 낡은 이 땅에서
한 개의 새로운 지구를 차지할 오는 날의 기쁜
노래를
목안에 핏대를 올려가며 마음껏 불러 보자

처녀의 눈동자를 느끼며 돌아가는
군수야업軍需夜業의 젊은 동무들
푸른 샘을 그리는 고달픈 사막의 행상대行商隊도
마음을 축여라
화전火田에 돌을 줍는 백성들도 옥야천리沃野千里를
차지하자

다 같이 제멋에 알맞는 풍양豊穰한 지구의 주재자로
임자 없는 한 개의 별을 가질 노래를 부르자

한 개의 별 한 개의 지구단단히 다져진 그 땅 위에
모든 생산의 씨를 우리의 손으로 휘뿌려보자
앵속罌粟처럼 찬란한 열매를 거두는 찬연餐宴엔
예의에 끄림없는 반취半醉의 노래라도 불러 보자

염리한 사람들을 다스리는 신이란 항상 거룩합시니
새 별을 찾아가는 이민들의 그 틈엔 안 끼여갈테니
새로운 지구엔 단 죄없는 노래를 진주처럼 흩치자

한개의 별을 노래하자. 다만 한 개의 별일망정
한 개 또 한 개의 십이성좌十二星座 모든 별을
노래하자

독백

운모雲母처럼 희고 찬 얼굴
그냥 주검에 물든 줄 아나
내 지금 달아래 서서 있네

돛대보다 높다란 어깨
얄은 구름쪽 거미줄 가려
파도나 바람을 귀밑에 듣네

갈메긴 양 떠도는 심사
어데 하난들 끝간델 아리
으릇한 사념을 기폭旗幅에 흘리네

선창마다 푸른막 치고
촛불 향수에 찌르르 타면
운하는 밤마다 무지개 지네

박쥐같은 날개나 펴면
아주 흐린날 그림자속에
떠서는 날잖는 사복이 됨세

닭소리나 들리면 가랴

안개 뽀얗게 나리는 새벽
그곳을 가만히 나려서 감세

소년少年에게

차듸찬 아침이슬
진주가 빛나는 못가
연꽃 하나 다복히 피고

소년아 네가 낳다니
맑은 넋에 깃드려
박꽃처럼 자랐세라

큰강 목놓아 흘러
여을은 흰 돌쪽마다
소리 석양을 새기고

너는 준마 달리며
죽도竹刀 져 곧은 기운을
목숨같이 사랑했거늘

거리를 쫓아 단여도
분수있는 풍경속에
동상답게 서봐도 좋다

서풍 뺨을 스치고

하늘 한가 구름 뜨는곳
희고 푸른 지음을 노래하며

그래 가락은 흔들리고
별들 춥다 얼어붙고
너조차 미친들 어떠랴.

일식 日蝕

쟁반에 먹물을 담아 햇살을 비쳐 본 어린 날
불개는 그만 하나밖에 없는 내 날을 먹었다

날과 땅이 한 줄 우에 돈다는 고 순간瞬間만이라도
차라리 헛말이기를 밤마다 정녕 빌어도 보았다

마침내 가슴은 동굴보다 어두워 설래인고녀
다만 한 봉오리 피려는 장미 벌레가 좀치렸다

그래서 더 예쁘고 진정 덧없지 아니 하냐
또 어데 다른 하늘을 얻어 이슬 젖은 별빛에 가꾸련다 .

　　　　　　　　　　　　　　××에게 주는

노정기 路程記

목숨이란 마—치 깨여진 뱃조각

여기저기 흩어져 마을이 한구죽죽한 어촌보다
어설프고
삶의 틔끌만 오래묵은 포범布帆처럼 달아 매였다.

남들은 기뻤다는 젊은 날이었것만
밤마다 내 꿈은 서해를 밀항하는 쩡크*와 같애
소금에 절고 조수에 부풀어 올랐다.

항상 흐렷한 밤 암초를 벗어나면 태풍과 싸워가고
전설에 읽어본 산호도珊瑚島는 구경도 못하는
그곳은 남십자성南十字星이 비쳐주도 않았다.

쫓기는 마음 지친 몸이길래
그리운 지평선을 한숨에 기오르면
시궁치는 열대식물처럼 발목을 오여쌌다**

---

* 쩡크junk. 중국 연해나 하천에서 사람과 짐을 싣고 날으는데 쓴 배. 돛대가
셋,밑이 평평한 배
** 에워싸다

새벽 밀물에 밀려온 거미이냐
다 삭아빠진 소라 깍질에 나는 붙어왔다.
먼 항구의 노정路程에 흘러간 생활을 들여다보며

산

바다가 수건을 날여 부르고
난 단숨에 뛰여 달여서 왔겠죠

천금千金같이 무거운 엄마의 사랑을
헛된 항도航圖에 엮어 보낸 날

그래도 어진 태양과 밤이면 뭇별들이
발아래 깃드려 오고

그나마 나라나라를 흘러 다니는
뱃사람들 부르는 망향가望鄕歌

그야 창자를 끊으면 무얼하겠소

잃어진 고향

제비야
너도 고향이 있느냐
그래도 강남을 간다니
저 높은 재우에 흰 구름 한 조각

네 깃에 묻으면
두 날개가 촉촉이 젖겠구나

가다가 푸른 숲 위를 지나거든
홧홧한 네 가슴을 식혀나가렴

불행히 사막에 떨어져 타 죽어도
애설워야 않겠지

그야 한 때 나라도 홀로 높고 빨라
어느 때나 외로운 넋이었거니

그곳에 푸른 하늘이 열리면
어쩌면 네 새고장도 될법하이

2

나의 뮤즈

나의 뮤ㅡ즈

아주 헐벗은 나의 뮤ㅡ즈는
한번도 기야 싶은* 날이 없어
사뭇 밤만을 왕자처럼 누려 왔소

아무것도 없는 주제였만도
모든 것이 제 것인듯 뻐티는 멋이야
그냥 인드라의 영토를 날아도 다닌다오

고향은 어데라 물어도 말은 않지만
처음은 정녕 북해안北海岸 매운 바람 속에 자라
대곤大鯤**을 타고 다녔단 것이 일생의 자랑이죠

계집을 사랑커든 수염이 너무 주체스럽대도
취하면 행랑 뒤ㅅ골목을 돌아서 다니며
복袱***보다 크고 흰 귀를 자주 망토로 가리오

그러나 나와는 몇 천겁**** 동안이나

---

* 그것이야 싶은
** 장자 '소요유'에 나오는, 크기가 몇 천리인지 모른다는 상상의 물고기 북해
에 살고 있음
*** 보자기
**** 오랜 세월 영겁의 세월을 뜻하는 불교용어

바루 비취가 녹아 나는 듯한 돌샘가에
향연이 벌어지면 부르는 노래란 목청이 외골수요
밤도 시진하고* 닭소래 들릴 때면
그만 그는 별 계단을 성큼성큼 올라가고
나는 촛불도 꺼져 백합꽃 밭에 옷깃이 젖도록 잤소

---

* 기운이 빠져 없어짐.

꽃

동방은 하늘도 다 끝나고
비 한방울 나리잖는 그때에도
오히려 꽃은 빨갛게 피지 않는가
내 목숨을 꾸며 쉬임 없는 날이여

북쪽 툰드라에도 찬 새벽은
눈속 깊이 꽃 맹아리가 옴작거려*
제비떼 까맣게 날라오길 기다리나니
마침내 저바리지 못할 약속이여!

한 바다복판 용솟음치는 곳
바람결 따라 타오르는 꽃성城에는
나비처럼 취하는 회상의 무리들아
오늘 내 여기서 너를 불러 보노라

_____

* 작은 것이 느릿느릿 자꾸 움직이다

해후 邂逅

　모든 별들이 비취계단翡翠階段을 나리고 풍악소래
바루 조수처럼 부푸러 오르던 그밤 우리는 바다의
전당殿堂을 떠났다

　가을 꽃을 하직하는 나비모냥 떨어져선 다시
가까이 되돌아 보곤 또 멀어지던 흰 날개우엔 볕살도
따겁더라

　머나먼 기억은 끝없는 나그네의 시름속에 자라나는
너를 간직하고 너도 나를 아껴 항상 단조한 물결에
익었다

　그러나 물결은 흔들려 끝끝내 보이지 않고 나조차
계절풍의 넋같이 휩쓸려 정치못 일곱 바다에
밀렸거늘

　너는 무삼 일로 사막의 공주같아 연지찍은
붉은 입술을 내 근심에 표백된 돛대에 거느뇨
오―안타까운 신월新月

　때론 너를 불러 꿈마다 눈덮인 내 섬속 투명한

영락玲珞으로 세운 집안에 머리 푼 알몸을 황금
항쇄頂鎖* 족쇄로 매여 두고

　귀뺨에 우는 구슬과 사슬 끊는 소리 들으며 나는
일흠도 모를 꽃밭에 물을 뿌리며 먼 다음 날을
빌었더니

　꽃들이 피면 향기에 취한 나는 잠든 틈을 타 너는
온갖 화판花瓣**을 따서 날개를 붙이고 그만 어데로
날아 갔더냐

　지금 놀이 나려 선창船窓이 고향의 하늘보다
둥글거늘 검은 망토를 두르기는 지나간 세기의
상장喪章같아 슬프지 않은가

　차라리 그 고은 손에 흰 수건을 날리렴 허무虛無의
분수령에 앞날의 깃旗빨을 걸고 너와 나와는 또
흐르자 부끄럽게 흐르자

---

* 족쇄로 매여두고 죄인의 목에 씌우던 형틀인 '칼'을 뜻하는 듯하며, 아주 드
물게 강렬한 에로스를 표현했다.
** 꽃잎

아미 娥眉

— 구름의 백작부인

향수에 철나면 눈섶이 기난이요*
바다랑 바람이랑 그 사이 태어 났고
나라마다 어진 풍속에 자랐겠죠.

짓푸른 깁장帳**을 나서면 그 몸매
하이얀 깃옷은 휘둘러 눈부시고
정녕 왈츠라도 추실란가봐요.

해ㅅ살같이 펼쳐진 부채는 감춰도
도톰한 손결야 교소驕笑를 가루어서
공주의 홀笏보다 깨끗이 떨리오.

언제나 모듬에 지쳐서 돌아오면
꽃다발 향기조차 기억만 서러워라
찬 젓때*** 소리에다 옷끈을 흘려보내고,

촛불처럼 타오르는 가슴속 사념은
진정 누구를 애끼시는 속죄라오

---

* 향수속에서 철이 들면 눈썹이 길어지는 법이오
** 짙푸른 비단 휘장
*** '저대'는 가로로 붙는 관악기 모두를 이른다

33

발아래 가득히 황혼이 나우리치오

달빛은 서늘한 원주圓柱아래듭시면
장미薔薇쩌이고 장미쩌* 흩으시고
아련히 가시는 곳 그 어딘가 보이오.

---

* '쩌다'는 우거진 나뭇가지나 갈밭.대밭.삼밭같은 데를 성기게 베어내다

서울

어떤 시골이라도 어린애들은 있어 고놈들 꿈결조차
잊지못할 자랑 속에 피어나 황홀하기 장미빛
바다였다.

밤마다 야광충夜光蟲들의 고운 불 아래 모여서
영화로운 잔치와 쉴 새 없는 해조諧調에 따라 푸른
하늘을 꾀했다는 이야기.

왼 누리의 심장을 거기에 느껴보겠다고 모든 길과
길들 핏줄같이 엉클여서 역마다 느릅나무가 늘어서고

긴 세월이 맴도는 그 판에 고초 먹고 뱅―뱅 찔레
먹고 뱅―뱅 넘어지면 맘모스의 해골처럼 흐르는
인광燐光 길다랗게.

개아미 마치 개아미다 젊은 놈들 겁이 잔뜩 나
차마 차마하는 마음은 널 원망에 비겨 잊을 것이었다
깍쟁이.

언제나 여름이 오면 황혼의 이 뽈따귀 저 뽈따귀에*
한 줄식 걸쳐매고 짐짓 창공에 노려대는 거미집이다
텅 비인.

제발 바람이 세차게 불거든 케케묵은 먼지를
눈보라마냥 날려라 녹아 나리면 개천에 고놈
살모사들 승천을 할는지.

서풍 西風

서리 빛을 함복 띠고
하늘 끝없이 푸른데서 왔다.

강바닥에 깔여 있다가
갈대꽃 하얀 위를 스쳐서.

장사壯士의 큰 칼집에 스며서는
귀향가는 손의 돋대*도 불어주고.

젊은 과부의 뺨도 희던 날
대밭에 벌레소릴 가꾸어 놓고.

회한을 사시나무 잎처럼 흔드는
네 오면 불길不吉할 것 같어 좋아라.

---

* 이육사 시에서 '돋대'는 종종 '돋'과 그걸 매단 기둥 전체를 뜻함

파초 芭蕉

항상 앓는 나의 숨결이 오늘은
해월海月처럼 게을러 은빛 물결에 뜨나니

파초芭蕉 너의 푸른 옷깃을 들어
이닷 타는 입술을 축여주렴

그 옛적 사라센의 마즈막 날엔
기약 없이 흩어진 두 낱 넋이었어라

젊은 여인들의 잡아 못논 소매 끝엔
고은 손금조차 아즉 꿈을 짜는데

먼 성좌星座와 새로운 꽃들을 볼 때마다
잊었던 계절을 몇번 눈 우에 그렷느뇨

차라리 천년 뒤 이 가을밤 나와 함께
빗소리는 얼마나 긴가 재어보자

그리고 새벽하늘 어데 무지개 서면
무지개 밟고 다시 끝없이 헤여지세

교목 喬木

푸른 하늘에 닿을듯이
세월에 불타고 우뚝 남아서서
차라리 봄도 꽃피진 말어라.

낡은 거미집 휘두르고
끝없는 꿈길에 혼자 설내이는
마음은 아예 뉘우침 아니리

검은 그림자 쓸쓸하면
마침내 호수속 깊이 거꾸러저
참아 바람도 흔들진 못해라.

······SS에게

3

광인의 태양

광인의 태양

분명 라이풀선을 튕겨서 올라
그냥 화화火華처럼 살아서 곱고

오랜 나달 연초煙硝에 끄슬린
얼굴을 가리면 슬픈 공작선孔雀扇

거치른 해협마다 흘긴 눈초리
항상 요충지대를 노려가다

반묘 班猫

어느 사막의 나라 유폐된 후궁의 넋이기에
몸과 마음도 아롱져 근심스러워라.

칠색七色 바다를 건너서와도 그냥 눈동자에
고향의 황혼을 간직해 서럽지 않뇨.

사람의 품에 깃들면 등을 굽히는 짓새
산맥을 느낄사록 끝없이 게을러라.

그 적은 포효는 어느 조선때 유전遺傳이길래
마노瑪瑙의 노래야 한층 더 잔조우리라*.

그보다 뜰안에 흰나비 나즉이 날라올땐
한낮의 태양과 튜립 한송이 지킴직하고

---

* '잔조롭다'는 어린아이 울음처럼 소리가 가늘고 높게 나는 상태

호수 湖水

내어달리고 저운 마음이런마는
바람에 씼은 듯 다시 명상暝想하는 눈동자

때로 백조를 불러 휘날려보기도 하것만
그만 기슭을 안고 돌아 누어 흑흑 느끼는 밤

희미한 별 그림자를 씹어 노외는 동안
자줏빛 안개 가벼운 명모暝帽같이 나려씌운다

남한산성 南漢山城

넌 제왕에 길들인 교룡蛟龍
화석되는 마음에 이끼가 끼어

승천하는 꿈을 길러 준 열수洌水
목이 째지라 울어 예가도

저녁 놀빛을 걷어 올리고
어데 비바람 있음직도 안 해라.

강江 건너간 노래

섣달에도 보름께 달 밝은밤
앞 내강 쨍쨍 얼어 조이던 밤에
내가 부르던 노래는 강 건너 갔소

강 건너 하늘 끝에 사막도 닿은 곳
내 노래는 제비같이 날아서 갔소

못 잊을 계집애나 집조차 없다기에
가기는 갔지만 어린날개 지치면
그만 어느 모래불에 떨어져 타서 죽겠죠.

사막은 끝없이 푸른 하늘이 덮여
눈물먹은 별들이 조상오는 밤

밤은 옛일을 무지개보다 곱게 짜내나니
한가락 여기 두고 또 한가락 어디멘가
내가 부른 노래는 그 밤에 강 건너갔소.

아편 鴉片

나릿한 남만南蠻의 밤
반제蟠祭의 두렛불 타오르고

옥돌보다 찬 넋이 있어
홍역이 발반*하는 거리로 쏠려

거리엔 노아의 홍수 넘쳐나고
위태한 섬 위에 빛난 별 하나

너는 고 알몸동아리 향기를
봄바다 바람 실은 돛대처럼 오라

무지개같이 황홀한 삶의 광영光榮
죄와 곁들여도 삶 직한**누리.

소공원 小公園

한낮은 햇발이
백공작百孔雀 꼬리 위에 함북 퍼지고

그넘에 비둘기 보리밭에 두고 온
사랑이 그립다고 근심스레 코 고을며

해오라비 청춘을 물가에 흘려보냈다고
쭈그리고 앉아 비를 부르건마는

흰 오리떼만 분주히 미끼를 찾아
자무락질치는 소리 약간 들리고

언덕은 잔디밭 파라솔 돌리는 이국소녀 둘
해당화 같은 뺨을 돌려 망향가도 부른다.

초가 草家

구겨진 하늘은 묵은 애기책을 편 듯
돌담울이 고성古城같이 둘러싼 산기슭
박쥐 나래 밑에 황혼이 묻혀오면
초가 집집마다 호롱불이 켜지고
고향을 그린 묵화墨畵 한 폭 좀이 쳐.

띄엄띄엄 보이는 그림 조각은
앞밭에 보리밭에 말매나물 캐러 간
가시내는 가시내와 종달새 소리에 반해.

빈 바구니 차고 오긴 너무도 부끄러워
술레짠 두 뺨 위에 모매꽃이 피었고.

그네 줄에 비가 오면 풍년이 든다더니
앞내강에 씨레나무 밀려나리면
젊은이는 젊은이와 뗏목을 타고
돈 벌러 항구로 흘러 간 몇 달에
서릿발 잎져도 못 오면 바람이 분다.

피로 가꾼 이삭에 참새로 날아가고
곰처럼 어린 놈이 북극을 꿈꾸는데

늙은이는 늙은이와 싸우는 입김도

벽에 서려 성애 끼는 한겨울 밤은
동리洞里의 밀고자인 강물조차 얼붙는다.

　　　　　　　　　　　　　　ㅡ유폐된 지역에서

4

밤이 무겁게 깊어가는데

화제 畫題

도회都會의 검은 능각稜角을 담은
수면水面은 이랑이랑 떨려
하반기의 새벽같이 서럽고
화강석에 어리는 기아棄兒의 찬 꿈
물풀을 나근나근 빠는
담수어淡水魚의 입맛보다 애달퍼라

해조사 海潮詞

동방洞房을 찾아드는 신부의 발자취같이
조심스레 어오는 고이한 소리!
해조海潮의 소리는 네모진 내 들창을 열다
이 밤에 나를 부르는 이 없으련만?

남생이 등같이 외로운 이서—ㅁ 밤*을
싸고 오는 소리! 고이한 침략자여!
내 보고寶庫를, 문을 흔드는 건 그 누군고?
영주인 나의 한 마디 허락도 없이

코—가서스 평원을 달리는 말굽 소리보다
한층 요란한 소리! 고이한 약탈자여!
내 정열밖에 너들에 뺏길 게 무엇이료.
가난한 귀양살이 손님은 파리하다.

올 때는 왜 그리 호기롭게 몰려 와서
너들의 숨결이 밀수자같이 헐데느냐
오— 그것은 나에게 호소하는 말 못할 울분인가?
내 고성古城엔 밤이 무겁게 깊어가는데.

---

* 어스름한 밤

쇠줄에 끌려 걷는 수인囚人들의 무거운 발소리!
옛날의 기억을 아롱지게 수놓는 고이한 소리!
해방을 약속하든 그날 밤의 음모를
먼동이 트기 전 또다시 속삭여 보렴인가?

검은 베일을 쓰고 오는 젊은 여승들의 부르짖음
고이한 소리! 발밑을 지나며 흑흑 느끼는 건
어느 사원을 탈주해 온 어여쁜 청춘의 반역인고?
시들었던 내 항분亢奮도 해조처럼 부풀어 오르는 이
밤에

이 밤에 날 부를 이 없거늘! 고이한 소리!
광야를 울리는 불 맞은 사자獅子의 신음인가?
오소리는 장엄한 네 생애의 마지막 포효咆哮!
내 고도孤島의 매태 낀 성곽을 깨뜨려 다오!

산실을 새어나는 분만의 큰 괴로움!
한밤에 찾아올 귀여운 손님을 맞이하자
소리! 고이한 소리! 지축이 메지게* 달려와

---

* 어떤 틈이 막혀서 터지게

고요한 섬 밤을 지새게 하는고녀.

거인의 탄생을 축복하는 노래의 합주!
하늘에 사무치는 거룩한 기쁨의 소리!
해조는 가을을 불러 내 가슴을 어루만지며
잠드는 넋을 부르다 오—해조! 해조의 소리!

실제 失題

하늘이 높기도 하다
고무풍선 같은 첫겨울 달을
누구의 입김으로 불어 올렸는지?
그도 반 넘어 서쪽에 기울어졌다

행랑 뒤골목 호젓한 상술집엔
팔려 온 냉해지冷害地 처녀를 둘러싸고
대학생의 지질숙한* 눈초리가
사상선도思想善導의 염탐밑에 떨고만 있다

라디오의 수양강화修養講話가 끝이 났는지?
마장 구락부 문간은 하품을 치고
빌딩돌담에 꿈을 그리는 거지새끼만
이 도시의 양심을 지키나 보다

바람은 밤을 집어삼키고
아득한 가스** 속을 흘러서 가니
거리의 주인공인 해태의 눈깔은
언제나 말갛게 푸르러 오노

---
* 지질하다. 곧 보잘것없고 변변치 않다
** 밤공기를 뜻하는 듯하다

춘수삼재 春愁三題

1
이른 아침 골목길을 미나리 장-수가 길게 외우고
갑니다.
할머니의 흐린 동자瞳子는 창공에 무엇을
달리시는지,
아마도 ×에 간 맏아들의 입맛味覺을 그려나 보나
봐요.

2
시냇가 버드나무 이따금 흐느적거립니다.
표모漂母의 방망이 소린 왜 저리 모날까요,
쨍쨍한 이 볕살에 누더기만 빨기는 짜증이 난 게죠.

3
빌딩의 피뢰침에 아즈랑이 걸려서 헐떡거립니다.
돌아온 제비떼 포사선抛射線을 그리며 날려
재재거리는 건,
깃들인 옛 집터를 찾아 못 찾는 괴롬 같구료.

바다의 마음

물새 발톱은 바다를 할퀴고
바다는 바람에 입김을 분다.
여기 바다의 은총이 잠자고 있다.

흰 돛은 바다를 칼질하고
바다는 하늘을 간질여 본다.
여기 바다의 아량이 간직여 있다.

낡은 그물은 바다를 얽고
바다는 대륙을 푸른 보로 싼다.
여기 바다의 음모陰謀가 서리어 있다

-8월 23일

말

흐트러진 갈기
후주군한 눈
밤송이 가튼 털
오! 먼길에 지친 말
채찍에 지친 말이여!

수굿한 목통
축 처—진 꼬리
서리에 번적이는 네 굽
오! 구름을 헤치려는 말
새해에 소리칠 흰말이여!

편복

광명光明을 배반한 아득한 동굴에서
다 썩은 들보라 무너진 성채의 너덜로 돌아다니는
가엾은 박쥐여! 어둠의 왕자여!
쥐는 너를 버리고 부자집 곳간으로 도망했고
대붕大鵬도 북해로 날아간 지 이미 오래거늘
검은 세기에 상장喪裝이 갈갈이 찢어질 긴 동안
비둘기같은 사랑을 한 번도 속삭여 보지도 못한
가엾은 박쥐여! 고독한 유령이여!

앵무와 함께 종알대어 보지도 못하고
딱짜구리*처럼 고목을 쪼아 울리도 못하거니
만호보다 노란 눈깔은 유전遺傳을 원망한들
무엇하랴
서러운 주문일사 못 외일 고민의 이빨을 갈며
종족과 홰를 잃어도 갈 곳조차 없는
가엾은 박쥐여! 영원한 「보헤미안」의 넋이여!

제 정열에 못 이겨 타서 죽는 불사조는 아닐망정
공산空山 잠긴 달에 울어새는 두견새 흘리는 피는

---
* '딱따구리'의 오기

60

그래도 사람의 심금을 흔들어 눈물을 짜내지
않는가!
  날카로운 발톱이 암사슴의 연한 간을 노려도 봤을
  너의 먼 조선의 영화롭던 한시절 역사도
  이제는 아이누의 가계家系와도 같이 서러워라.
  가엾은 박쥐여! 멸망하는 겨레여!

  운명의 제단에 가늘게 타는 향불마자 꺼졌거든
  그 많은 새 짐승에 빌붙을 애교라도 가졌단 말가?
  호금조胡琴鳥처럼 고운 뺨을 채롱*에 팔지도 못하는
너는
  한토막 꿈조차 못꾸고 다시 동굴로 돌아가거니
  가엾은 박쥐여! 검은 화석의 요정이여!

* 새장

5

한시

謹賀 石庭先生 六旬

天壽斯翁有六旬 蒼顏皓髮坐嶄新,
經來一世應多感 遙憶鄉山人夢頻.

1943년작. 출전〈청포도〉범조사
(해설 : 김명균, 사빈서원) 석정선생의 육순을 삼가 축하함

근하 석정선생 육순

천수사옹유륙순 창안호발좌참신,
경래일세응다감 요억향산인몽빈.

천수 누리는 육순 이 늙은이
검은 얼굴에 허연머리 우뚝 싱싱 앉아 있네
지나온 한 세상 응당 감회도 많으련만
아득히 고향산천 추억하며 자주 꿈에 드네

晚登東山

卜地當泉石 相歡共漢陽.
擧酌誇心大 登高恨日長.
山深禽語冷 詩成夜色蒼.
歸舟那可急 星月滿圓方.
〈與 石艸, 黎泉, 春坡, 東溪, 民樹 共吟〉

1943년작. 출전 〈청포도〉 범조사, 1964
(해설 : 김명균, 사빈서원)

만등동산

복지당천석 상탄공한양.
거작과심대 등고한일장.
산심금어랭 시성야색창.
귀주나가급 성월만원방.
〈여 석초, 여천, 춘파, 동계, 민수 공음〉

늦게 동산에 올라

샘 돌 있는 좋은 곳을 골라서
한양에 같이 살아감을 즐거워했네
잔 들어 담대함을 자랑하고
높은 데 올라 긴 하루도 아쉬워하네
산은 깊어 새소리 차갑고
시를 일구니 밤빛 푸르러라
돌아가는 배 어찌 서둘리오
별과 달이 하늘에 가득하네

酒暖興餘

酒氣詩情兩樣闌 斗牛初轉月盛闌.
天涯萬里知音在 老石晴霞使我寒.
〈與 春坡, 石艸, 民樹, 東溪, 黎泉 共吟〉

1943년작. 출전 〈청포도〉 범조사, 1964
(해설 : 김명균, 사빈서원)

주난흥여

주기시정량양란 두우초전월성란.
천애만리지음재 로석청하사아한.
〈여 춘파, 석초, 민수, 동계, 여천 공음〉

술이 거나하매

흥겨워서 주기와 시정 둘 다 거나할 제
견우성*처음 나고 달은 난간에 담겼네
하늘 끝 만리에 뜻을 아는 이 있으나
늙은 바위 갠 노을에 한기 느끼네

---
* 북극성

6

산문

나의 대용품 현주, 냉광

대용품을 얘기하기보다는 우선 적용품適用品의 내력을 말해 보겠소. 장신구로 말하면 양복이나 오버가 모두 연전年前에 장만한 것이 되어서 속俗 소위 '스무'란 한 올도 섞이지 않았소.

그런데 첫여름에 교피鮫皮 구두를 한 켤레 신어 본 일이 있었는데, 그 덕에 여름 비가 그다지 많이 왔는가 싶어 금나 벗어버리고 지금은 없소. 식용품에는 가배에 다분히 딴놈을 넣는 모양이나 넣을 때 보지 않는만큼 그냥 마십니다마는 그도 심하면 아침에 미쓰꼬시에 가서 진짜를 한 잔 합니다. 버터는 요즘 대개는 고놈 '헷드'니 '라아드'니 하는 것을 주는데 아무튼 고수한 맛이 없더군요. 그래서 잼이나 마마레드는 먹고 고놈은 그냥 버려 둡니다.

그런데 대용품이라면 요즘은 모두 시국時局과 불가분의 관계로 생각하는 모양인데 사실은 옛날부터 이 대용품이 있었습니다. 『사례편람四禮便覽』에 보면 대부大夫의 제祭에는 오탕伍湯을 쓰는 법이었는데, 그 오탕 중에는 생치탕生雉湯이 한몫 끼이는 법이나, 제사가 여름이면 생치탕이 없으므로 계탕鷄湯을 대용하는 것이며,

술도 옛날에 자가용自家用을 빚을 수 있을 때는 맨 처음 노란 청주淸酒를 떠서 제주祭酒를 봉封하고 난 뒤에 손을 대접하곤 했으나, 자가용 주酒가 없어진 뒤는 술을 사온 것은 부정不精하다고 예설禮設에 있는 대로 냉수를 청주 대신 '현주玄酒'라고 쓰는 법이 있었는데, 이것은 신을 속이기 쉽다는 것보다 그들의 신에 대한 관념이 '양양히 그 위에 계신 듯'하다는 말로 보면, 나도 술 대신 현주를 마시고 혼연히 취한 듯하다고 생각해 볼까 하오.

그리고 옛날 어떤 선비는 청빈한 집이라 등잔을 켤 형세가 못 돼서 여름이면 반딧불을 잡아서 글을 읽었고, 때로는 달빛을 따라 지붕 위에서 글을 읽은 이도 있었다 하니 이도 말하자면 대용품인 것은 틀림없으나 그럴듯 풍류이기도 하지 않소. 요즘은 화학자들이 이 반딧불과 월광을 화열火熱, 전열電熱 등 모든 열광의 대용품으로 자자孜孜히들 연구하는 모양인데, 이러한 냉광冷光이 비록 완성되지 않는다 하더라도 나는 벌써부터 애용하고 있는 터이오. 지금도 나는 휘황찬란한 전열 밑에서 보다는 무엇을 사색할 필요가 있을 때는 월광月光을 따라 성 밑이나 산마루턱을 혼자 거닐기도 하오. 그것도 한겨울 눈이 하얗게 쌓인 위를 밤 깊이 걸어다니면 그야말로 냉광은 질식된 내 영혼을 불러 살리는 때가 있는 것이오.

전조기

　누구나 버릇이란 쉽사리 고쳐지는 것은 아니다. 그러므로 세 살 적 버릇이 여든까지 간다는 말도 있지 않는가? 그런데도 흔히 다른 사람의 한 가지 버릇을 새로이 발견했을 때는 아— 저 사람은 저런 버릇이 있구나 하고 속으로 비웃어 보거나 그 버릇이 좋지 못한 종류의 것이면 대개는 업신여기는 수도 있는가 봐!그렇지만 나에게는 아무리 고쳐 보려도 고쳐지지 않는 버릇이란 손톱을 깎고 줄로 으르고 수건을 닦고 하는 것이다. 그것도 때와 곳을 가릴 것도 없이 욕조浴槽나 다방이 나는 말할 것도 없고 기차나 배를 타고 멀리 여행이라도 함녀 심심풀이도 되고 봄날 도서관 같은 데서 서너 시간 앉아 배기면 제아무리 게으름뱅이는 아닐지라도 윗눈썹이 기전기起電機처럼 아랫 눈썹을 끌어당길 때도 있는 것이고, 그럴 때에 손톱을 자르고 줄로 살살 으르면 자릿자릿한 재미에 온몸의 게으름이 다 풀리는 것이다. 그야 내 나이 어릴 때는 아침 일찍이 손톱을 자르면 어른들이 보시고 질색을 하시며 말리기도 하였다. 그리고 말릴 때에 누구인지 지금 기억되지는 않아도 우리 집에 자주 오는 손이 말하기를 아침에 손톱 깎고 밤에 머리 빗는 것은 몸에 해롭다고 하는 것이었고, 내 생각에도 그런 방문은 〈동의보감東醫寶鑑〉에라도 씌어 있는 줄 알았기에 그 뒤로는 힘써 시간이 한나절 지난 뒤 손톱을 닦고 하였지만, 나도 나대로 세상맛을 보게 된 뒤로는 쓴맛 단맛 다 보고 시고 떫은 구석과 후추, 고추 같은 광경에 부대낄 때가 시작이 되고는 손톱 치레를 할 만한 여가도 없었고, 어느 사이에 손톱은 제대로 자라 긴 놈, 짧은놈, 삐뚤어진 놈, 꼬부라진 놈, 벌떡 자빠진 놈, 앙당 아스러진 놈, 이렇게 되어 내 손이란 그꼴이 마치 오징어를 뒤집어 삶아 놓은 것같이 되었다.

그럴 때에 나는 또다시 손톱을 자를 것은 자르고 으를 것은 으르곤 하였으며 이른 아침이라도 가리지는 않았다. 그것은 밤으로 머리를 깎아 보아도 몸에 해로운 것도 없으니깐 아침에 손톱을 깎는 것조차 위생과는 관계 없는 것을 안 까닭이다.

그런데 내가 이 손톱을 자르는 버릇은 언제부터 시작되었는가를 생각해 보면 그도 벌써 20년이 더 지났다. 내가 난 지 백 일이나 되었겠지, 저고리 밖에 빨간 내 손이 나와서 내 얼굴을 후벼 뜯고는 나는 자지러질 듯이 울었다. 어머니가 놀라서 가위로 내 손톱을 잘라 주신 것이 처음이고, 그것이 늘 거듭하여지는 동안에 봄철이 오면 어머니는 우리 형제를 차례로 불러 뒷마루

양지 쪽에 앉히고 손톱을 잘라 주시고 머리도 빗기고 귀도 후벼 주셨으며, 이것도 내 나이 여섯 살 때 소학을 배우고는 이런 일의 한 반半은 할아버님께 이관移管이 되었다. 옛날 내 고장 우리 집에는 그다지 크지는 못해도 허무히 작지 않은 화단이 있었다. 그리고 그 화단은 이때쯤 되면 일이 바빴다. 깍지로 긁고 호미로 매고 씨가시를 뿌리고 총생이를 옮겨 심고 적당한 거름도 주었다.

　요즘같이 시클라멘이나 카네이션이나 튤립 같은 것은 없어도 옥매화, 분홍 매화, 홍도, 벽도, 해당화, 장미화, 촉규화, 백일홍, 등등 빛도 보고 향내도 맡고 꽃도 보고 잎도 볼, 말하자면 일년을 다 즐길 수가 있는 것이었는데, 내 할아버지 생각은 이제 헤아려 보면 우리들에게 글읽고 글씨 쓰인 사이로 노력을 몸소 맛보이는 것도 되려니와 그것이 정서 교육도 될 겸 당신의 노래老來를 화려하게 꾸밀 수도 있었던 모양이었다. 그럴 때마다 우리들은 이다지도 가겹고 고운 노동이 끝나면 할아버지는 우리들에게 손을 씻을 것과 손톱에 끼인 흙을 끌어내도록 손톱을 닦으라 하셨다. 이러던 내 손톱이기에 나는 손톱을 소중히 하고 자르고 으르고 닦고 하는 동안에 한 가지 방편을 얻었다. 그것은 나에게 거북한 일을 말하는 사람 앞에서 손톱을 닦는 것이다. 빤히 얼굴을 맞대이고 배알에 거슬리거나 듣기 싫은 말을 듣고 억지로 참을 수도 없고 그렇다고 언짢은 표정을 할 수도 없어 손톱을 닦노라면 시골 계신 어머니도 그려 보고 돌아가신 할아버지의 모습을 우러러 뵈일 수도 있다. 내 고향의 푸른 하늘 아래에도 봄이 왔을 것도 같으니.

창공에 그리는 마음

벌서 데파―트의 쇼윈드는 홍엽紅葉으로 장식裝飾되 엿다. 철도안내계鐵道案內係가 금강산金剛山 소요산逍遙 山등등 탐승객探勝客들에게 특별할인으로 가을의 써비 쓰를 한다고들 떠드니 돌미력갓치 둔감鈍感인 나에게 도 엇지면 가을인가? 십혼생각도 난다.

외국外國의 지배支配를 주사注射침 끝처럼 날카롭게 감수感受하는 선량善良한 행운아幸運兒들이 감벽紺碧의 창공蒼空을 치여다볼때 그들은 매연煤煙에 잠긴 도시都 市가 실타기보다 갑싼 향락享樂에 지친 권태倦怠의 위치 位置를 밧구기위하야는 제비색기갓치 경쾌輕快한 장속 裝束에 제각기 시골의 순박한 처녀處女들을 머리속에 그 리며 항구港口를 떠나는 갑판甲板우의 젊은 마도로스들 과도 갓치 분주히들 시골로, 시골로 떠나고 만다 그래 서 도시都市의 창공蒼空은 나와갓치 올데갈데업시 밤낮 으로 인크칠이나 하고잇는 사람들에게 맺겨진 사유재 산私有財産인것도 갓다.

그래서 나는 이 천재일시千載一時로 엇은 기회機會 를 놋치지안켓다고 나의 기나긴 생활生活의 고뇌苦惱 속에서 실實로 쩔븐 일순간一瞬間을 칠수七首의 섬광閃

光처럼 맑고 깨끗이 개인 창공蒼空에 나의 마음을 그리나니 일망무제一望無際! 오즉 공空이며 허虛! 이것은 우주宇宙의 첫날인듯도하며 나의 생생의 요람搖籃인것도 갓허라.

신神은 아무것도 업는 공空과 허虛에서 우주만물宇宙萬物을 창조創造하엿다고 그리고 자기의 뜻대로 만들엇다고 사람들은 말하거니 나도 이 공空과 허虛에서 나의 세계世界를 나의 의사意思대로 바둑이나 장기를 두는 것처럼 손쉽게 창조創造한들 엇덜랴 그래서 이 지상地上의 모든 용납容納될수 업는 존재存在를 그곳에 그려본다해도 그것은 나의 자유自由여라.

그러나 나는 사람이여니 일하는 사람이여니 한사람을 그리나 억천만億千萬 사람을 그려도 그것은 모다 일하는 사람 뿐이여라 집속에서도 일을 하고 벌판에서도 일을 하고 산山에서도 일을 하고 바다에서도 일을 하나 그것은 창공蒼空을 그리는 나의 마음에 수고로움이 업는것처럼 그들의 하는일은 수고로움이 업서라 그리고 유쾌愉快만 잇나니 그것은 생활生活의 원리原理와 양식樣式에 갈등葛藤이 업거늘 나의 현실現實은 엇지 이다지도 착종錯綜이 심甚한고? 마음은 창공蒼空을 그리면서 몸은 대지大地를 옮겨듸더 보지 못하는가?

가을은 반성反省이 계절季節이라고하니 창공蒼空을 그리는 마음아 대지大地를 돌아가자 그래서 토지土地의 견문見聞을 창공蒼空에 그려보듯이 다시 대지大地에 너의 마음을 마음대로 그려보자.

《신조선》1934.10.

청량몽

거리에 마로니에가 활짝 피기는 아직도 한참 있어야 할 것 같다. 젖구름 사이로 기다란 한 줄 빛깔이 흘러 내려온 것은 마치 바이올린의 한 줄같이 부드럽고도 날카롭게 내 심금心琴의 어느 한 줄에라도 닿기만 하면 그만 곧 신묘神妙한 멜로디가 흘러 나올 것만 같다.

정녕 봄이 온 것이다.

이 가벼운 게으름을 어째서 꼭 이겨야만 될 턱이 있으냐.

대웅성좌大熊星座가 보이는 내 침대는 바다 속보다도 고요할 수 있는 것이 남모르는 자랑이었다. 나는 여기서부터 표류기漂流記를 쓸 수도 있는 것이다. 날씬한 놈, 몽땅한 놈, 나는 놈, 기는 놈, 달리는 놈, 수없이 많은 어족漁族들의 세상을 찾았는가 하면 어느때는 불에 타는 열사熱砂의 나라 철수화鐵樹花나 선인장들이 가시성같이 무성한 위에 황금 사북같이 재겨 붙인 작은 꽃들, 그것은 죽음에의 유혹같이 사람의 영혼을 할퀴곤 하였다.

소낙비가 지나가고 무지개가 서는 곳엔 맑은 시냇물

이 흘렀다. 계류溪流를 따라 올라가면 자운영꽃이 들로 하나 다복이 핀 두렁길로 하늘에 닿을 듯한 전나무 숲 사이로 들어가면 살림맥이들은 잇풀을 뜯어먹다간 벗 말을 불러 소리치곤 뛰어가는 곳, 하이얀 목책이 죽 둘린 너머로 수정궁같이 깨끗한 집들이 즐비한 곳에 화 강암으로 깎아 박은 돌계단이 기다랗게 하양夏陽의 옅 은 햇살을 받아 진주 가루라도 흩뿌리는 듯 눈이 부시 다.

마치 어느 나라의 왕궁인 듯 호화스럽다. 그렇다면 왕은 수렵이라도 가고 궁전만은 비어 있는 것일까 하고 돌축을 하나하나 밟아 가면 또다시 기다란 줄 행랑行 廊이 축을 하나하나 밟아 가면 또다시 기다란 줄 행랑 行廊이 있는 것이고, 그것을 오른편으로 돌아들어 왼편 으로 보이는 별실別室은 서재인 듯 조용한 목에 뜰 앞에 조롱들 속에서 빛깔 다른 새들이 시스마금 낯선 손님 을 맞아 아는 체하고 재재거린다. 그 아래로 화단에는 저마다 다른 제 고향의 향기를 뿜어 멀리서 온 에트랑 제는 취하면 혼혼하게 잠이 들 수도 있는 것이다.

가벼운 바람과 함께 앞창이 슬쩍 열리고는 공주보다

교만해 보이는 젊은 여자 손에는 새파란 줄기에 양호필羊毫筆같이 하얀 봉오리가 달린 난화蘭花를 한 다발 안고 와서는 뒤를 돌아보며 시비侍婢를 물리치곤 내 책상 위에 은으로 만든 화병에다 한 대를 골라 꽂아 두곤 무슨 말을 할 듯 하다가는 그만 부끄러운 듯이 아무런 말도 하지 못하고 조심조심 물러가고 만 것이었다. 달빛이 창백하게 흐르면 유리창을 넘어서 내 방은 추워졌다. 병든 마음이었고 피곤한 몸이었다. 십년이나 되는 긴 세월을 나는 모든 것을 내 혼자 병들어 본다. 병도 나에게는 한 개의 향락일 수 있기 때문이었다. 아무도 없는 무덤 같은 방안에서 혼자서 꿈을 꿀수가 있지 않은가. 잠이 깨면 또 달이 밝지 않은가. 그 꿈만은 아니었다. 그 여자가 화병에 꽂아 주고 간 난꽃이 그냥 남아 있는 것이 아닌가.

그 복욱하고 청렬한 향기가 몇천만 개의 단어보다도 더 힘차게 더 따사롭게 내 영혼에 속삭이는 말 아닌 말이 보다 더 큰, 더 행복된 위안이 어디 있으므로 이것을 꿈이라 헛되다고 누가 말하리요. 진정 헛된 꿈이라고 말하면 꿈 그대로 살아보는 것도 또한 쾌하지 않은가.

나는 때로 거리를 걸어 보기도 하나 그 꿈속에 걸어
본 거리와 그 여자의 모습은 영영 볼수는 없는 것이었
다. 때로 꽃집을 들러도 보고 난꽃을 찾아도 보았으나
내 머리 속에 태워 붙인 그것처럼 사라질 줄 모르는 향
기는 찾아볼 수 없었다. 꿈은 유쾌한 것, 영원한 것이기
도 하다.

은하수

지나간 일을 낱낱이 생각하면 오늘 하로는 몰라도 내일부터는 내남할 것 없이 살어갈 수가 없을 것이다. 웨 그러냐하면 다아올날보다는 누구나 지나간 날에 자랑이 더 많었든 까닭이다. 그것도 물질로는 바꾸지 못할 깨끗한 자랑이였다면 그럴수록 오늘의 악착한 잡념이 머리속에 떠돌때마다 저도 모르게 슲어지는 수도 있는 것이다.

가령 말하자면 내 나이가 칠, 팔세쯤 되었을때 여름이 되면 낮으로 어느날이나 오전 열시쯤이나 열한시경엔 집안 소년들과 함께 모혀서 글을 짓는 것이 일과이였다. 물론 글을 짓는다해도 그것이 제법 경국문학도 아니고 오언고풍이나 줌도듬을 해보는 것이였지마는 그래도 그때는 그것만 잘하면 하는 생각에 당당히 열심을 갖었든 모양이였다.

그래서 글을 지으면 오후 세시쯤 되어서 어룬들이 모혀노시는 정자 나무밑이나 공청에 가서 골이고 거기서 장원을 얻어하면 요즘 시한 편이냐 소설한편을 써서 발표한뒤에 비평가의 월평등류에서 이러니 저러니 하는 것과는 달러서 그곳에서 좌상에 모인 분들이 불언중모다 비평위원들이 되는 것이고 글을 등분을 따러서 급수를 맥이는 것인데 거기 특출한 것이 있으면 가상지상이란 급이 있고 거기도 벌서 철이 난 사람들이 칠언대고풍을 지어 골이는데 점수를 그다지 후하게 주는 것이 아니라, 이상二上, 삼상三上, 이하二下, 삼하三下란 가혹苛酷한 등급을 맥여내는 것이었다.

그런데 문제는 항상 가상지상이란 것이었다. 이 등급을 얻어 한사람은 장원을 했는만큼 장원례를 한턱 내는 것이었다.

장원례란 것은 내는 방법이 여러 가지인데 사람에 딸어서는술한동우에 북어한떼도 좋고 참외 한접에 담배 한발쯤을 사오면 담배는 어룬들이 갈러피우고 참외는 아해들의 차지였다. 그뿐만 아니라 장원을 하면 백지한권의 상품을 받는수도 있었다. 그것은 유명조선의 유산의 일부를 장학기금으로 한 자원이 있는 것이었다. 이것이 우리네가 받은 학교교육이전의 조선의 교육사의 일부였기도 했다.

그러나 한여름동안 글을 짓는데도 오언, 칠언을 짓

고 그것이 능하면 제법 음을 달아서 과문을 짓고 그 지경이 넘으면 논문을 짓고 하는데 이 여름한철동안은 경서는 읽지 않고 주장 외집을 보는 것이다. 그 중에도 『고문진보』나『팔대가』를 읽는 사람도 있고『동인』이나『사초』를 외이기도 했다. 그런데 글을 짓고 골이고 장원례를 내고하면 강가에 가서 목욕을 하고 석양에는 말을 타고 달리고 해서 요즘같이 '스포—츠'란 이름이 없을 뿐이였지 체육에도 절대로 등한히 한 것은 아니였다. 그리고 저녁 먹은 뒤예는 거리로 단이며 고시 같은 것을 고성낭송을 해도 풍속에 괴이할바 없었다. 그뿐만 아니라 명랑한 목소리로 잘만 외이면 큰 사랑마루에서 손들과 바둑이나 두시든 할아버지께선 '저놈은 맹랑한 놈이야'하시면서 좋아하시는 눈치였다.

그리고 밤이 으슥하고 깨끗이 개인 날이면 할아버지게서는 우리들을 불러 앉히고 별들의 이름을 가르쳐주시는 것이였다. 저별은 문청성이고 저 별은 남극노인성이고 또 저별은 삼태성이고 이렇게 가르치시는데 삼태성이 우리 화단의 동편 옥해화 나무우에 비칠때는 여름밤이 뜻이없어 첫닭이 울고 별의 전설에 대한 강의도 끝이 나는 것이였다.

그런데 한 게 없이 넓은 창공에 어느 별이 어떻다해도 처음에는 어느 별이 무슨 별인지 짐작할 수 없기에 항상 은하수를 중심으로 이편의 몇재 별은 무슨 별이고 저편의 몇재 별은 무슨별이란 말슴을 하셨다. 그런데 그때도 신기하게 들은 것은 남강으로 가루질려 있는 은하수가 유월 유두절을 지나면 차츰차츰 머리를 돌려서 팔월 추석을 지나고 나면 완전히 동서로 위치를 바꾸는 것이었다.

이때가 되면 어느 사이에 들에는 오곡이 익고 동리집 지붕마다. 고지박이 드렁드렁 굴거가는 사이로 늦게 핀 박꽃이 한결 더 히게 보이는 것이 없다. 그러면 우리들은 오언고풍을 짓든 것을 파접을 한다고 왼동리가 모혀서 잔치를 하며 야단법석을 하는 것이었다. 그래서 칠월 칠석에는 겨우성과 직녀성이 일년에 한번 만나는 날인데 은하수가 가루막혀서 만날수가 없기에 옥황상제가 인간세상에 있는 가마귀와 까치를 불러서 다리를 놓게 하는 것이며 그래서 만나는 견우직녀는 서루 붓잡고 가진 소회를 다하기도 전에 첫닭소리를 들으면 울고잡은 소매를 놓고 갈려서야만 한다는 것 까마귀와 까치들은 다리를 놓기 위하야 돌을 이고 은하수를 올러갔

기에 칠석을 지나고나면 모다 머리가 빨갓케 버서진다
는 것 이러한 얘기를 듣는 것은 잊혀지지안는 자미였었
다. 그래서 나는 어린 마음에도 지상에는 낙동강이 제
일 좋은 강이였고 창공에는 아름다운 은하수가 있거니
하면 형상할 수 없는 한 개의 자랑을 느끼곤 했다.

그러나 숲사이로 무수한 유성같이 흘러다니든 그 고
혼 반딧불이 차츰 없어질때에 가을벌레의 찬소리가 뜰
로 하나 가득차고 우리의 일과도 달러지는 것이였다.
여태까지 읽든 외집을 덮어치우고 등잔불밑헤서 또다
시 경서를 읽기 시작하는 것이였고 그 경서는 읽는대로
연송을 해야만 시월 중순부터 매월 초하루 보름으로
있는 강講을 낙제치 안는 것이였다. 그런데 이 강이란
것도 벌서 경서를 읽는 처지면 중용이나 대학이면 단권
책이니까 그다지 힘드지 않으나마 논어나 맹자나 시전
서전을 읽는 선비라면 어느 권에 무슨 장이 날는지 모
르니까. 전질을 다 외우지 않으면 안됨으로 여간 힘드
는 일이 아니였다. 그래서 십여세 남즛했을 때 이런 고
역을 하느라고 장장추석에 책과 씨름을 하고 밤이 한시
나 넘게되야 영창을 열고 보면 하늘에는 무서리가 나리
고 삼태성이 은하수를 막 건너선때 먼데 닭 우는 소리

가 어즈러히 들이곤 했다. 이렇게 나의 소년시절에 정드린 그 은하수였마는 오늘날 내 슲음만이 엇되히 장성하는 동안에 나는 그만 그 사랑하는 나의 은하수를 일허바렸다. 딴이야 내일허바린게 어찌 은하수 뿐이리요 동패어초東敗於楚하고 동패어제西敗於齊하고 서상지어진칠백리西喪地於秦七百里를 할 처지는 본래에 아니였든 것을 오히려 다행이라고나 할가? 그러나 영원한 내 마음의 녹야! 이것만은 어데로 찾을수가 없는 것같고 누구에게도 말할 곳조차 없다 그래서 요즘은 때때로 고요해 잠못이루는 밤 호을로 허른 성엽우를 걸으면서 말게 개인날이면 혹 은하수를 처다보기도 하고 그 은하수를 중심으로 한 성좌의 명칭이라든지 그 별 한 개한 개에 대한 전설들을 동년의 기억을 더듬어가며, 지나간 날을 회상해보나 그다지 선명치는 못한 것이며 오늘날 내 자신 아무런 성취한바 없으나 옛날 어룬들의 너무나 엄한 교육방법예도 천문에 대한 초보의 기초지식이라든지 그나마 별의 전설같은 것으로서 정서방면을 매우 소중히 역이신 것을 생각하면 나의 동년은 너무나 행복스러웠든 만큼 지금의 나의 은하수는 왕발王勃의 슬왕각시滕王閣詩의 일련인 "특환성이도기추特換星移度幾秋"오 하는 명문으로도 넉넉히는 해설되는 안는 이유

가 있는 것이다. 누가 있어 나를 고이하다하리요.(了)

《농업조선》 1940. 10.

횡액

약속하지마는 불유쾌한 결과가 누구나 그 신변에 일어났을 때 사람들은 이것을 횡액橫厄이라고 하여 될 수만 있으면 이것을 피하려고 무진 애를 쓰는 것이 보통이지마는, 어떤 의미에서는 인간이란 한 사람도 예외없이 이러한 횡액의 연속연을 저도 모르게 방황하는 것이, 사실은 한평생의 역사일는지도 모른다.

그래서 어떤 사람은 사랑하는 사람과 함께 배를 타다가 물에 빠져서 죽었는가 하면, 소나기를 피하여 빈집을 찾아 들었다가 압사壓死를 한 걸인도 있었다. 그러는 동안에 이 축들은 대개 사람에게까지 대수롭지 않게 여겨질 때는 무슨 수를 꾸며서라도 그 주위의 사람들의 기억 속에 제 존재를 살리려는 노력이 시작된다.

그러나 이러한 노력도 꼭 알맞은 정도의 결과를 가져온다면 여러 말 할 바 아니로되, 때로는 그 효과가 너무 미약하여 이렇다할 만큼 나타나지 않을 때도 있고, 어떤 땐 너무나 중대한 결과가 실로 횡액이 되고 말 때가 많다.

그런데 여기서 가장 간편한 효용을 생각해 낸 것이 연

전에 작고한 중국의 문호 노신魯迅이었다. 그가 이 세상을 떠나던 전전 해 여름에 쓴 수필집에서 〈병후 일기病後日記〉를 읽어보면, 다음과 같은 말이 씌어 있다.

"…… 나는 지금 국가나 사회로부터 그다지 중요하게 보여지지 않는 모양이다. 그뿐만 아니라 친척, 친구들까지도 차츰차츰 사이가 멀어져 가는 모양이었다. 그러나 요즘 나는 병으로 해서 이 사람들 주의를 갑자기 끌게 되었다. 이렇게 생각하면 병이란 것도 그다지 나쁜 것만은 아닌 듯도 하다. 그러나 기왕 병을 앓는다 하면 중병이나 급병은 대번에 생명에 관계가 되니 재미가 적어도 다병多病이란 것은 세상의 모든 귀골들이 하는 것이니, 나 자신도 매우 포스러운 사람들 틈에 끼일 수가 있게 되나보다……"

이런한 노신 씨 말을 따른다면 병도 때로는 그 효용이 적지 않은 모양이다. 나라는 사람은 실로 천대받을 만큼 건강한 몸이라 365일에 한 번도 누워 본 기록이 없으니 이러한 행복조차도 누릴 길이 없었다. 그러나 여기 하늘이 돌봄이었는지, 나는 마침내 뜻하지 않은 횡액에 걸려 들었다는 것은 어느 날 전차를 타고 종로로 돌아오는 길에 황금정黃金町에서 동대문東大門에 다다르자, 우리가 탄 전차보다 앞의 전차가 아직 떠나지 않고 있으므로, 우리가 탄 전차도 속력을 줄이고 정차를 하려던 것이 앞의 차의 출발과 함께 새로운 속력으로 급한 커브를 도는 바람에 차 안의 사람들은 모두 일시 안정되었던 자세를 가눌 여지도 없이 몸을 흔들고 넘어가는 것이었고, 나는 아차 할 사이에 넘어지며 머리가 유리창에 닿으려는 순간, 바른손으로 막은 것만은 문자 그대로 민완敏腕이었으나, 그다음 내 팔목에는 전치全治 2주일의 열상裂傷을 내었고, 유리창은 산산이 깨어졌다.

내 지금도 그 사람의 직함을 알 바 없으나, 차장 감독이라고 부를 듯한 장신 거구長身巨軀의 40쯤 되어 보이는 헬멧을 쓴 사람이 나에게 와서 친절 정녕히 미안케 되었다는 인사말을 하고, 운전수와 차장의 번호를 적은 뒤에 먼저 사고의 전말을 보고한 다음, 나를 의무실이라는 데로 인도하는 것이었다. 내 마음으로는 종로로 빨리 와서 친한 의원을 찾아 신세를 질까 했으나, 이 사람의 친절을 무시하기도 거북해서 따라가는 것이었지마는, 사람들이 오해를 하려면 혹 전차표라도 속이려다가 감독에게 발로라도 되어 붙잡혀 가는 것이나 아닌가고 하면 사태는 자못 난처한 것이었다.

그래 우선 의무실이란 곳을 들어서니 간호양看護孃이 황망히 피투성이 된 내 손을 옥시풀로 깨끗이 닦은 뒤에 닥터 씨가 매우 냉정한 태도로 핀세트를 잡고 나타났다.그러고는 가위 소리와 내 살이 베어지는 싸각싸각하는 소리가 위품좋게 돌아가는 전선電扇 소리와 함께 분명히 내 귀에 돌려 왔다.

붕대를 하얗게 감고 비로소 너무도 조잡한 의무실이고나 하고 생각하며 나오려 할 때, 직업과 성명을 묻기에 그것은 알아 무엇하느냐고 했더니 규칙이라기에 써 주고 말았다.

그래도 또 전차를 타야 했다. 전차 속은 여전히 덥고 복잡하건마는, 싸각싸각하는 살 베어지는 소리는 좀처럼 귓가에 사라지지 않았다.

바로 올해 봄이었다. K란 동무가 맹장염으로 수술을

했다기에 문병을 갔더니, 제 귀로 제 창자를 싸각싸각 끊는 소리를 들었다고 신기해서 이야기하던 생각을 하고, 자위自慰를 해보아도 기분이 그다지 명랑해지지 않기에, 다시 붕대 감은 내 팔목을 들여다보고 아픈 정도를 헤아려 보아도 중병도 급병도 다병多炳도 될 수는 없었다. 그래서 R이란 동무와 한강 쪽에 나가서 배라도 타고 화풀이를 할까 하고 가던 도중, R군의 말이 "자네 팔목 수술을 했으니 낫겠지마는 양복 소매는 어쩔 텐가"하기에 벗어 보았더니, 연전年前보다 배액이나 들여 만든 새 옷이 영원히 고치지 못할 흠집을 내고 말았다. 세상에 전화위복轉禍爲福하는 사람도 있다고 하건마는, 나의 횡액은 무엇으로 보충할 수 있을까? 이것을 적어 D형의 우의友誼에 갚을밖에 없는가 한다.

질투의 반군성

형! 부탁하신 원고는 이제 겨우 붓을 들게 되어 편집의 기일에 다행히 맞아질는지 모릅니다.

그러나 늦게라도 이 붓을 드는 나에게는 다음과 같은 몇 가지의 이유가 있는 것이며, 그 이유를 말하는 데서 이 적은 글이 가져야 할 골자가 밝혀질까 합니다.

그 첫째는 형의 몇 차례나 하신 간곡한 부탁에 갚아지려는 나의 미충微衷이며, 둘째는 형의 부탁에 갚아질 만한 재료가 없다는 것을 고백합니다.

그것은 다시 말하면, 나는 생활을 갖지 못하였다는 것입니다. 적어도 '세리티'가 없는 곳에는 참다운 생활은 있을 수 없다고 생각하는 현금의 나에게 어찌 보고할 만한 재료가 있으리까? 만약 이 말을 믿지 못하신다면, 나는 여기에 재미스런 한 가지 사실을 들어 이상의 말을 증명할까 합니다.

그것은 지나간 7월입니다. 나는 매우 쇠약해진 몸을 나의 시골에서 그다지 멀지 않은 동해 송도원松濤園으로 요양의 길을 떠났습니다. 그 후 날이 거듭하는 동안 나는 그대로 서울이 그립고 서울 일이 알고 싶었습니다. 그럴 때마다 서울 있는 동무들이 보내 주는 편지는 그야말로 내 건강을 도울 만큼 내 마음을 유쾌하게 하였던 것입니다.

그런데 일전(그것은 형이 나에게 원고를 부탁하시던 날) 어느 친우를 방문하고 오는 길에 어느 책사册肆에 들렀다가 때마침 『조선 문인 서간집』이란 신간서가 놓였기에 그 내용을 펼쳐 보았더니, 그 속에는 내가 여름 동안 해수욕장에서 받은 편지 중에 가장 주의했던 편지 한 장이 전문 그대로 발표되어 있었습니다.

그런데 그 편지의 주인공은 내가 해변으로 가기 전 꼭 나와는 일거 인동을 같이한 룸펜(이것은 시인의 명예를 손상치 않습니다) 이던 나의 친애하는 이병각李秉珏 군이었습니다. 그러므로 그는 나의 생활을 누구보다도 이해하는 정도가 깊었으리라는 것은 다시 말할 여지가 없는 데도 불구하고 그는 다음과 같은 말을 했습니다.

"…… 형의 말에 의하면 급한 볼일이 있어 갔다고 하더라도 여름에 해변에 용무가 생긴다는 것부터 형은 우리 따위가 아니란 것을 새삼스레 알았습니다……"

운운하고 평소부터 나에게 입버릇같이 자네는 너무 뻐기니까 하던 예의 독설을 한참 늘어놓은 다음 그는 또 문장을 계속하였습니다.

"…… 건강이야 묻는 것이 어리석지요. 적동색赤銅色

얼굴에 '포리타민' 광고에 그린 그림 쪽……"이 되라느리 하여 놓고는 "…… 한 채 집이 다 타도 빈대 죽는 맛은 있더라고, 장림長霖이 자리하니 형의 해수욕 풍경이 만화의 소재밖에는 되지 않을 것을 생각하고 고소합니다……" 고 끝을 맺은 간단한 문장이었습니다.

풍자시를 쓰는 우리 이 군의 나에 대한, 또는 나의 생활에 대한 견해가 그 역설에 있어서 정당했다고 하더라도 나는 이 군에게 불만을 가지지 않을 수가 없다는 것은 기왕 벌인 춤이면 왜 좀더 풍자하지 못하였을까 하는 것입니다.

대저 위에서도 한 말이나 '뻐긴다'는 말은 사실이 없는 것을 허장 성세虛張聲勢한다는 말일 것인데, 허장 성세하는 사람에게 '신세리티'가 있겠습니까. 또 무슨 생활이 있겠습니까.

그러나 '생활이 없다'는 순간이 오래 오래 연속되는 동안 그것이 생활이라면 그것을 구태여 부정하고 싶지도 않습니다. 뿐만 아니라 거기에서 한 걸음 더 나아가 남이 긍정하는 바를 내가 긍정해서 남의 위치를 침범하는 것보다는 차라리 내가 부정할 바를 부정한다는 것은 마치 남이 향락할 바를 내가 향락해서 충돌이 생기고 질투가 생기는 것보다는 다른 어떤 사람도 분배를 요구치 않는 고민을 나 혼자 무한히 고민한다는 것과 같이 적어도 오늘의 나에게는 그보다 더 큰 향락이 없을는지도 모르는 것입니다.

마치 이 길은 내가 경험한 가장 짧은 한 순간과도 같을는지 모릅니다. 태풍이 몹시 불던 날 밤, 온 시가는 창세기의 첫날밤같이 암흑에 흔들리고 폭우가 화살같이 퍼붓는 들판을 걸어 바닷가로 뛰어 나갔습니다. 가서 덩굴에 엎어지락 자빠지락, 문학의 길도 그럴는지는 모르지마는 손에 든 전등도 내 양심과 같이 겨우 내 발끝밖에는 못비치더군요.

그러나 바닷가에 거의 닿았을 때는 파도 소리는 반군叛軍의 성이 무너지는 듯하고, 하얀 포말泡沫에 번개가 푸르게 비칠 때만은 영롱하게 빛나는 바다의 일면! 나는 아직도 꿈이 아닌 그날 밤의 바닷가로 태풍의 속을 가고 있을지도 모릅니다.

문외한의 수첩

R이란 사람은 나와는 매우 친한 동무였다. 그러므로 우리 두 사람 사이에는 결코 무슨 비밀이란 것은 있을 터수가 아니었다. 그러나 지금은 나의 교우록 속에 씌여져 있는 그의 '호패號牌'에 붉은 줄을 그은 지도 벌써 한 달이 다 되었다.

이러한 간단한 사실이 모르는 사람으로 본다면 가렵지도 아프지도 않을지 모르겠으나 남달리 상처相處해 오든 벗을 한 사람 잃어버린 나의 호젓한 마음은 어데도 비길 수 없이 서러운 것이다.

그뿐만 아니라 이 글을 쓰려는 오늘 아침에 이제는 고인인 R의 동생으로부터 나에게 간단한 편지 한 장과 「문외한門外漢의 수첩手帖」이란 유고 한 권이 보내여 왔다.

그 유고는 이래 10년에 쓴 고인의 일기인 모양인데 그도 출일逐日해서 쓴 것도 아니고 때때로 마음이 내킬 때마다 써둔 것이며 그 맨 끝 페―지에 "○○형兄에게"라는 이 세상 사람으로서의 절필인 듯한 글씨가 묵흔墨痕이 임리淋漓한 것은 소리 없는 내 눈물을 더욱 짜내는 것이었다. 그리고 이 글 내용은 일기는 일기면서도 대부분은 나에게 보내는 편지이였다. 그 편지 가운데서 지금이라도 흥미 있게 생각나는 부분만을 써서보기로 한다면 그도 처음에는 문학청년이였든 사실이 있었다. 그러나 그는 자기가 하고저 한 문학을 끝끝내 완성할 수 있는 행복된 사람은 아니였다. 그러나 그 사람은 죽든 날까지도 문학을 단념하지는 않았다는 것은 어느 해 겨울 그와 나는 우연히도 어느 온천에서 만났다. 그때는 바로 동경에서들 풍자문학록이 한참 대두할 때이였으므로 그도 또한 예에 빠지지 않고 이것의 조선에 있어서 가능하다는 설교를 하는 것이였다. 그때 좀더 생각해 볼 여지가 있다고 한 나의 말에 그는 말하기를 조선사람은 생활 그 자체가 풍자적으로 되어 있다고 떠들어대기에 나는 그에게 더 진지한 태도로 사물을 대할 필요가 있다는 것을 말하였고 그 다음날 우리는 서로 갈린 채 영원히 보지 못할 사람이 되었다.

이 글은 그때 나와 갈려서 며칠 동안에 쓴 것이라고 생각난다.

一九三 ×年 ×月 ×日

—○형兄! S역에서 형과 갈려서 나는 ○동까지 50리나 되는 산길을 걸어왔소. 동리 거리에 피곤한 다리를 쉬이면서 생각하기를 아무데나 큼직한 집 초당방을 찾어 들어가면 이 밤을 뜨뜻한 아랫목에서 지낼 수도 있

겠거니와 그들과 함께 살을 맞대이고 지나며 그들의 생활을 체득할 수가 있다면…… 얼마나 유쾌한 일이겠습니까?

나는 여기서 형이 일찍이 하든 말을 생각해 보았소. 상해 어데선가? 목욕을 갔을 때 불란서 사람과 서반아 사람과 같은 욕조에 들어갔을 때의 감정을 얘기한 것을 기억이나 하시는지요. 그때는 적나라한 몸둥이들이 모두 꼭같은 온도를 느낄 수 있더라고 세계는 모름지기 목간통같이 되어야 한다고. 그러나 오늘의 나의 심경은 그와는 정반대로 어데까지나 육친애를 느껴볼 결심이였소. 그래서 세계는 차라리 초당방같이 되라고까지 생각해도 보았소. 이러한 생각을 하노라면 또 다른 한 생각이 꼬리를 물고 나오는 동안에 나는 가졌든 담배를 모조리 다 피워 바렸소. 담배라도 피우지 않으면 첫겨울의 눈우바람이 몹시도 옷깃을 새여들고 발끝이 저리기도 해서 담배도 살 겸 주막집 있는 데로 가까이 찾어갔소. 그곳에는 마침 담배 가게가 있고 젊은 농부인 듯한 사람이 있기에 오전짜리 한 푼을 던지고 '마코' 한 갑을 달라고 하였더니만 나는 여기서 뜻하지 못한 실패를 하였소. 그것은 내 행동이 몸차림과 어울리지 않은 데가 있었든지 또는 언어에 무의식적인 불손이 있었든지 그 젊은 농부는 내 얼굴을 자세히 보더니만……"문안에 들어와서 담배를 가져가오"……하며 코웃음을 픽하며 '마코' 한 갑을 내 앞으로 툭 던지는 것이였소.

나는 처음 이 농부의 말을 듣고 한참동안 어름어름하였소. 그것은 담배 가게라고 하는 것이 우리가 도회에서 보는 담배 가게와 같이 백색 '타일'타로 대를 싸올리고 '네온'등을 달고 유리창을 단 것이 아니고 처마 끝에다 석유 궤로 목판을 짜서 장수연, 희연, '마코', 단풍이런 것들을 몇 갑씩 넣어둔 것이였소. 그래 내가 들어갈 문이란 어데 있겠소.

그날은 그곳에서 멀지 않은 곳에 장날이였나 부오. 장꾼들이 들신들신하고 그 집으로 들어오기에 나는 그만 그곳을 떠나 돌아나오라니까 바로 내 머리 뒤에서 "건방진 녀석, 눈에 유리 창을 붙이고"……하면서 별러대는 것이였소. 그때 나는 모든 것을 다 알았소.

시골 산촌에선 유리라는 것은 들창에나 붙이는 것인데 네 눈에 붙인 등창을 열고 다시 말하면 문안에 들어와서 (안경을 벗고) 담배를 가져가란 말였소.

내가 안경을 쓰게 된 것은 시력이 부족한 탓이였고 그 젊은 농부가 내 안경 쓴 것을 못마땅히 여기는 것은 고루한 인습의 소치라고 하드래도 그 표현방법이 얼마나 내 뼈를 저리도록 쑤시는 풍자이였겠소. 과연 여기에 남과 나라는 투명한 장벽이 서서 있다는 것을 나는 안 듯하였소.

그리고 내 발길은 무겁게 옮겨졌소. 아주 몇 해를 두고 어느 사막이라도 걸어온 듯한 피로를 깨달았소. 하늘은 점점 어두워오고 눈조차 함박으로 퍼붓는 듯하였으나 나는 다시 옷깃을 단속지는 않았소. 될 수 있으면 차디찬 눈보라가 내 보드러운 목덜미살을 여미듯이 얼어붙으라고 하여 본 것은 일종의 자기잔학일른지도 모르겠소.

두 시간이나 지났을까. 나는 과연 어느 집 초당방에 손이 되였소. 방안에는 초말 냄새가 코를 찌를망정 모이는 사람은 대략 6, 7명이나 되였고, 연령은 최저 십팔로 최고 삼십이, 인품은 모두 순후하고 황소같이 질박한 놈도 있으며 암사슴같이 외로운 연석도 있었소. 그날 밤은 내라는 존재가 그들로 보면 낫설은 손이여서 일동일정―動―靜을 주의는 하면서도 조금도 악의는 갖지 않았든 모양이였소. 그러기에 나더러 세상의 자미있는 얘기를 들려달라는 것이오.

이때 나는 어떠한 얘기를 들려줄까 하고 망설이는 판에 그들 중에도 연령과 지식의 정도가 있어서 삼십에 가까운 사람들은 『화용도華容道』를 들려 달라하고 그 중 한사람은 『춘향전』을 얘기하라 하였소마는 여기도 또한 의견은 일치되지 않았소. 그 중에도 제일 얼굴이 말쑥하고 나이가 이십오 세쯤 되여 보이는 농부 한 사람 말을 들으면 보통학교를 중도퇴학은 하였어도 그들 가운데서는 식자연하고 내로라는 듯이 뽐내면서 '서양' 얘기를 무에나 들리라는 것이오. 그래서 결국은 '춘향전'파와 '서양'파가 절충한 결과 나는 이 진귀한 '서양춘향전'을 친절하게도 강좌를 담임擔任하게 되였으며 그는 득의만면하야 내 담배갑에서 '마코' 한 개를 빼여 물고 인조견 옥색관사 홑조끼에서 성냥을 꺼내여 담배를 피우는 것이였소. 이 방에서는 모두들 이 사람을 '하이카라상'이라고 부르는데 그 '상'자가 나에게는 조금 귀익지 못하나 아마 이것을 도시말로 번역하면 '모—던뽀이'란 말도 같소.

그러나 이 '서양춘향전'이란 진본서는 가난한 나의 문헌학 지식으로는 도저히 알어낼 자신도 없고 그렇다고 그들에게 '린드빽'이 대서양을 어떻게 횡단하였다든지 '크레오파트라'의 국적이 어느 나라냐고 설왕설래를 하여보았자 '하이카라상'이라는 이 방의 "쏘크라테쓰"도 그까지는 흥미를 느끼지 못할 것 같았소.

그래서 나는 생각다 못해 '쉑스피어'의 『로미오와 주리엣트』를 얘기하기로 하고 위선 그 주인공의 이름을 그들이 알어듣기 쉽게 '노미'이와 '준'이가 이렇게 얘기를 하니 그래도 모두 그것이 자미가 있었든지 '준'이가 추방당튼 날 새벽에 '노미'를 찾아가 이별을 하는 판인데 이곳에야 '나이팅겔'이 울 수가 있을 리도 없겠고 생각다 못해 속담에 꿩값에 닭이라니 닭을 울리고 '준'이를 떠나보냈구려! 그래도 이때는 모두들 감탄해서 홍홍 콧소리를 치며 신 삼고 가마니 치든 손을 쉬이는구려!

밤은 벌써 오전 두 시나 되였는데 바깥에서는 눈보래가 쉬지 않고 나렷소. 사람들은 차차 긴하품을 하다가는 제대로 팔을 베고 자는 이도 있고 또 그 자는 이의 다리를 베고 자는 사람도 있으며 나중에는 '하이카라상'과 나만이 남어서 나는 이 동리의 서러운 전설을 듣는 것이오. 옛날에 이 동리와 건너마을이 편을 갈러서 정초正初이면 '줄댕기'가 시작되였고 그때는 사람들이 수—백명씩 모여서 그중에도 젊은 사람들은 처녀나 총각이 제각기 마음 있는 사람들과 사랑을 속삭이면서 영원히 그 자손들은 변함없이 이 동리를 지켜 왔건마는, 지금은 어쩐 일인지 그 사람들은 누가 오란 말도 없고 가란 말도 없건만은 다들 어데인지 한 집씩 두 집씩 동리를 떠나고 그럴 때마다 젊은이들의 싹트기 시작한 사랑은 그 봄이 다가기도 전에 덧없이 흘러가고 만다는 말을 다 마치지도 못하야 이 사람은 창졸간에 미친 듯이 쓰러져 흑흑 느껴가며 우는 것이였소. 나는 이것을 왜 우느냐 물어볼 힘도 없고 울지 말라고 위안을 줄 수도 없었으며 다만 나 혼자 생각기를 너도 또한 불쌍한 미완성 초연의 순정자로구나 하고 동정을 살피노라니 이 사람도 그냥 잠이 들고 먼데 닭이 잦은 홰치는 소리가 들리며 눈은 끄쳤는지 바깥은 바람이 몹시 불었소.

   나는 몇 시간 남지 않은 이 밤을 도저히 잘 수는 없었소. 내 머리는 해저海底와같이 아득하고 내 가슴은 운모雲母와같이 무거웠소. 돌아누울래야 돌아누울 수도 없으려니와 옆에 사람들의 코고는 소리는 검은 시체를 실은 마차의 수레바퀴를 갈고 가는 듯하오. 그럴수록 방안의 정적은 무거워져서 자꾸만 지구의 중심으로 침전되는 듯하였소. 나는 참다못하야 눈을 감고 두 손으로 얼굴을 가리웠소. 바로 그때였소. 누구인지 내 머리맡에서 말하는 사람이 있었소. 그 사람이 누구인지는 기억할 수 없으나 혹은 저녁 전에 담배 가게에서 본 농부일른지도 모르겠소. 그가 나에게 한 말은 분명코 "문안에 들어와서⋯⋯"였소. 나는 여기서 눈을 번쩍 뜨고 가만히 생각해 보았소.

'오! 그렇다. 나는 문외한門外漢이다.' 아무리 하여도 인생의 문門안에 들어서지 못할 나이라면 차라리 영원한 문외한으로 이 세상을 수박 겉 핥듯이 지나갈 일이지 그 좁은 문을 들어가려고 애를 쓸 필요가 어데 있겠소. 문밖에서 살어가면 책임과 부담도 가벼우려니와 그 문안에서 우리가 지켜야 할 보물이 있다면 사람들은 그것을 모두 문안에서 지킬 때에 나 혼자만 문밖에서 그 모든 것을 파수 본다면 그것도 나의 한 가지 임무가 아니겠소. 그렇다면 나는 달게

인생人生의 문외한門外漢이 되겠소.

그래서 남들이 모두 문門안에서 보는 세상을 나는 문門밖에서 보겠소. 남들은 깊이 보는 세상을 나는 널리 보면 또 그만한 자긍이 있을 것 같소. 오늘은 고기압이 어데 있는지 풍속은 64미리오. 이 동리를 떠나 아무도 발을 대지 않은 대설원을 걸어 가겠소. 전인미도前人未到의 원시경을 가는 느낌이오. 누가 나를 따라 이 길을 올 사람이 있을는지? 없어도 나는 이 길을 영원히 가겠소.

×

나는 이까지 보고 위선 이 유고를 덮었다. 그리고 생
각해 보았다. 이것은 한 사람이 인생의 문안에 들어오
지 못하고 영원히 걸어간 기록이다. 오! 그러면 나도 역
시 문외한門外漢인가?

丁丑 七. 二九

《朝鮮日報》, 1937년 8월 3~6일

금강심으로 빚어낸, 이육사의 삶과 시

박현수

1. 시가 곧 행동이라는 사상

이육사의 문학은 그의 실천적 삶과 어울려 우리 문학사의 빛나는 성취를 보여준다. 그래서 그의 문학과 그의 삶은 따로 다룰 필요가 없다. 문학이 삶을 배반하지 않고 삶이 문학을 배반하지 않기 때문에, 그의 문학과 삶은 험난한 시대의 문학의 향방을 묻는 데 하나의 기준이 된다.

일제강점기 많은 친일 문인들로 점철된 우리 문학사에 이육사처럼 뚜렷한 족적을 남긴 실천적 시인이 너무나 드물기 때문에 이육사는 한 사람의 시인에 그치지 않는다. 1940년을 전후하여 일제의 탄압 강도가 높아지면서 많은 문학인들은 타율적으로 혹은 자발적으로 일제의 국책에 순응하는 활동을 하였다. 해방 후에도 여러 문인들의 경우처럼 그런 활동은 그들에게 근원적으로 반성의 대상이 되지 않았다. 그들은 상황 논리에 입각한 변명으로 일관하였다. 이때 이육사는 그들에게 유무형의 죄를 물을 수 있는 유일한 혹은 최후의 준거로 존재한다. 단죄의 준거로서 존재하는 육사의 치열한 삶에 있어서 문학은 어떤 것이었을까. 그는 한마디로 이렇게 답한다.

다만 나에게는 행동의 연속만이 있을 따름이오. 행동은 말이 아니고 나에게는 시를 생각는다는 것도 행동이 되는 까닭이오.[*]

그에게 시와 실천은 별개의 존재가 아니다. 시와 행동의 일원론이 그의 문학 정신이다. 그의 작품 분석에 투사적 면모를 투영하고자 하는 시도가 많은 것은 그래서 당연한 일이었다. 시를 생각하는 것도 행동이 된다는 이런 일원론은 시와 행동을 이끄는 경험 이전의 어떤 정신적 지향을 전제하게 한다. 그 지향이 그의 문학과 삶을 해명하는 데 결정적인 도움이 될 것이다. 먼저 그의 시에 나타나는 내용적 특성과 형식적 특성을 살펴보고, 그것을 결정한 정신적 지향의 본질을 탐색하고자 한다.

2. 이육사 시의 준열한 의지와 정갈한 형식

이육사의 시, 특히 그의 성공적인 시의 경우 외적 상황과 무관하게 관철되는 강인하고도 준열한 의지가 그 바탕에 놓여 있다. 이 준열한 의지는 그의 시의 주제이자 내용이며 동시에 구조이다. 그의 대표작의 하나인 「교목」이라는 시를 살펴보자.

---

[*] 이육사, 『계절의 오행』, 심원섭 편, 『원본 이육사전집』, 집문당, 1986, 219쪽. 이 책은 이후 『전집』으로 표기함.

푸른 하늘에 닿을 듯이
세월에 불타고 우뚝 남아서서
차라리 봄도 꽃피진 말어라.

낡은 거미집 휘두르고
끝없는 꿈길에 혼자 설레이는
마음은 아예 뉘우침 아니리

검은 그림자 쓸쓸하면
마침내 호수 속 깊이 거꾸러져
차마 바람도 흔들진 못해라.

「교목」 전문

우리는 이 시에 설정된 교목의 형상에 주의를 기울여야 한다. 시적 화자의 삶이 투영된 교목은 실제 상황인지 가정 상황인지 정확하게 파악하기 힘든 상태이지만, 한 가지 분명한 것은 그 교목이 비극적인 존재로 설정되어 있다는 점이다. 그는 그런 상황을 설정하고 그 속에서 자신의 강렬한 의지를 드러내며 그 극한적인 성격을 더욱 강조하고 있다. 즉 교목으로 설정된 화자 자신이 세월에 불타고 낡은 거미줄을 두르고 결국 호수 속에 거꾸러지고 말리라는 것을 예상하면서도, 그 속에서 푸른 하늘에 닿을 의지를 노래하고 일점의 회한도 부정하는 준열한 자세를 견지하는 것이다.

그런 자세가 핵심적으로 드러난 부분이 바로 "차라리 봄도 꽃피진 말어라"라는 구절이다. 이것은 외적 상황의 필연성마저도 자신의 의지로 꿰뚫고 나아가고자 하는 정신적 경지의 표현이다. 봄이 와서 교목에 꽃이 피는 것은 자연스러운 과정이지만 화자는 그런 시공간적 변화에 교목이 영향을 받는 것 자체를 인정하지 않는다. 화자에게 그 시도의 불가능성은 이미 고려의 대상이 아니며 중요한 것은 자기 의지의 강도强度일 뿐이다. 그러면서 화자가 그 교목에 요구하는 것은 "푸른 하늘에 닿을 듯이/ 우뚝 남아서" 있는 자세의 준열함이다.

이 준열함의 수사학적 버전이 바로 명령법과 극단적인 부사의 사용이다. 이 시에 명령형의 어미가 사용되고 있음은 우연이 아니다. 다른 어떤 것도 좌절시킬 수 없는 의지의 준열함은 명령법의 단호함을 이끌어 올 수밖에 없는 것이다. 그리고 그것은 극한적인 상황을 더욱 강조하는 강렬한 부사를 자주 등장하게 만든다. '차라리', '아예', '참아' 등이 그것이다.

그의 대표작 「절정」, 「광야」, 「꽃」 등에서도 현재의 부정적 상황에 대하여 전혀 개의치 않고 자신의 강렬한 의지로 반드시 다가올 미래를 쟁취하고자 하는 내용이 중심이 되어 있다. 먼저 「절정」을 살펴보자.

매운 계절의 채쭉에 갈겨

마침내 북방으로 휩쓸려오다

하늘도 그만 지쳐 끝난 고원
서릿발 칼날 진 그 위에 서다

어데다 무릎을 꿇어야 하나?
한발 제겨디딜 곳조차 없다

이러매 눈감아 생각해볼밖에
겨울은 강철로 된 무지갠가 보다.

「절정」 전문

험난한 시절, 활로를 찾아 북방으로 떠돌면서 그 속에서도 희망을 잃지 않는 시인의 모습이 잘 드러난 작품이다. 이 중 가장 빛나는 구절은 시련 속에서 얻게 되는 새로운 비전을 암시하는 마지막 구절, '강철로 된 무지개'이다. 이것은 '비극적 황홀'(김종길 교수)이라는 말로 요약될 수 있다. '매운 계절' 속에 놓인 시련이 비극적이라면, 거기에서 깨닫게 되는 '무지개'가 바로 황홀이 되는 셈이다. 이것은 한계 상황 속에서 새로운 돌파구를 꿈꾸는 자가 온몸으로 던져놓은 불후의 구절이라 할 수 있다.

그의 또다른 대표작 「광야」는 어떠한가. 이 시는 그의 역사의식이 웅장한 스케일로 표현된 작품이다. 처음에 우리 민족의 터전으로 암시된 광야의 신성한 역사를 조감하고, 다음으로 이곳이 현재 시련에 처하였음을 암시한다. 이후 '가난한 노래의 씨'가 발아하여 민족의 노래로 우렁차게 '목 놓아' 불리게 될 밝은 미래를 확신하며 시를 마무리 짓고 있다. 현재의 시련은 '천고의 뒤'에라도 반드시 극복이 된다는 확신이 여기에 담겨 있다. 그 확신은 현재의 부정적 상황을 꿰뚫고 나아가는 준열한 의지가 아니면 가질 수 없는 것이다.

「꽃」이라는 시도 예외가 아니다. 이 작품은 비 한 방울 내리지 않는 땅, 이끼조차 잘 자라지 못하는 툰드라에도 꽃이 피듯이, 어려운 현실 속에서도 "마침내 저버리지 못할 약속"을 생각하는 시인의 간절한 마음이 잘 느껴지는 작품이다. 현재라는 고통의 순간이 지나면 아름다운 "꽃성"에서 이 날들을 돌아볼 날이 올 것이라는 낙관적인 의식이 잘 드러난다. 미래의 아름다운 시간을 이토록 확신하였기에 그 어려운 시대를 온몸으로 맞서 싸워나갈 수 있지 않았을까. 그리고 이 확신은 현실의 부정과 고통을 능멸할 수 있는 정신적 경지가 아니라면 어떻게 가능하였겠는가.

이런 의지의 준열함은 이육사의 시에서만 유추될 뿐인가. 다행스럽게도 그는 그것을 수필에서 다음과 같이 아주 뚜렷하게 밝혀 놓고 있다.

내가 들개에게 길을 비켜 줄 수 있는 겸양謙讓

을 보는 사람이 없다고 해도, 정면으로 달려드는 표범을 겁내서는 한 발자욱이라도 물러서지 않으려는 내 길을 사랑할 뿐이오. 그렇소이다. 내 길을 사랑하는 마음 그것은 내 자신에 희생을 요구하는 노력이오. 이래서 나는 내 기백氣魄을 키우고 길러서 금강심金剛心에서 나오는 내 시는 쓸지언정 유언은 쓰지 않겠소.*

들개에게 길을 비켜 줄 수 있는 겸손함을 지녔다고 해도, 정면으로 달려드는 표범으로부터 한 발자욱이라도 물러서지 않으려는 그 길이란 겸손함과 구차함을 구별하는 삶의 태도를 말한다. 자신이 감당하기 힘든 상황일지라도 그 결과를 따지지 않고 우직하게 그 속으로 자진하여 들어가는 그 길은, 일의 성패를 논하지 않고 실천의 성실성을 강조하여 자기 스스로를 구차함에 빠트리지 않으려는 결연한 의지의 길이다. 이것은 다른 사람의 시선 때문이 아니라 자기 자신이 자기에게 부과한 삶의 방식, 즉'내 자신에 희생을 요구하는 노력'때문에 생긴다. 여기에서 중요한 것은 자신의 파멸이 명약관화한 순간일지라도 자기 자신에게 희생을 요구하며 그 상황을 회피하지 않는 그 정신의

---

* 이육사, 『계절의 오행』, 『전집』, 219쪽.

준열함이다. 육사의 '금강심金剛心'은 이 준열함의 다른 이름이다. 그는 이 금강심으로 그의 삶과 그의 시를 빚어갔던 것이다.

그런데 이 금강심, 외적 조건의 유불리를 따지지 않고, 일의 성패를 따지지 않고, 자신의 삶을 구차하게 만들지 않으려는 결연한 의지는 현실에서 늘 비극적 결과를 예측하게 한다. 즉 이런 의지는 그 자체로 비극적 구조를 지닐 수밖에 없는 것이다. 김용직 교수는 일제 치하의 항일 투쟁 상황을 가리켜 '비극적 구조'라 불렀다. 치밀하고 조직적이고도 강력한 군사력을 지닌 일제와 상대적으로 허술한 조직을 지닌 항일단체의 싸움은 이미 승부가 결정되어 있는 싸움이었다. 즉 처음부터 승산이 없는 줄 알면서도 시도되지 않을 수 없었던 투쟁의 성격이 바로 '비극적 구조'이다.

그 시대 어쩌면 피하거나 완화시킬 수 있었을 법한 그 고통과 희생을 자진해 맞아들인 채 처음부터 철저하게 비극의 구조 속으로 스스로를 몰아넣은 사람이 바로 이육사였다. 이런 비극적 구조는 금강심과 연결되어 있다. 일의 성패가 이미 결정되어 있다고 하더라도, 친일 문인들처럼 대의를 생각지 않고 자신의 안정과 편안함만을 추구하는 것은 스스로를 구차하게 만드는 행위일 뿐이라고 생각하는 마음이 바로 금강심이기 때문이다.

비극적 구조가 가장 잘 드러나 있는 작품으로「광인

의 태양」을 들 수 있다. 특히 이 시는 투사로서의 육사의 삶이 반영되어 있어 더욱 인상 깊다.

분명 라이플 선線을 튕겨서 올라
그냥 화화火華처럼 살아서 곱고

오랜 나달 연초烟硝에 끄슬린
얼굴을 가리면 슬픈 공작선孔雀扇

거치는 해협마다 흘긴 눈초리
항상 요충지대를 노려 가다.

「광인의 태양」 전문

'라이플'은 라이플rifle 총으로서, 총신銃身 안에 나사 모양의 홈을 새겨 탄알이 회전하면서 날아가도록 만든 총을 가리킨다. '튕겨서 올라'라는 표현은 이 라이플 선을 자세히 들여다보면 용수철과 유사하게 생겼기 때문이다. 또한 '연초烟硝'는 화약 혹은 화약의 폭발에 의해 생기는 연기를 말한다. 또한 '요충지대'는 지세가 험하여 적을 막고 자기편을 지키기에 편리한 지대를 말한다. 이런 어휘에는 군사 훈련을 받은 이 육사의 경험이 반영되어 있다.

이 시의 '광인狂人', 즉 '미친 사람'은 어떤 중대한 임무를 수행하는 비밀요원으로서 육사 자신을 가리킨다. 그는 라이플선에서 튕겨 올라 불꽃처럼 혹은 태양처럼 살아가는 치열한 존재로 자신을 그리고 있다. 태양이 한 치의 망설임 없이 제 궤도를 가듯이, 그는 삼엄한 경계가 끊이지 않는 요충지대를 피하지 않고 '항상' 의도적으로 '노려가는' 존재이다. 일부러 자신을 극한 상황 속으로 밀어 넣는 행위는 평범한 사람으로서는 이해할 수도 없고 또 흉내 낼 수도 없다. 그런 경지의 인간은 보통 사람들의 눈에는 '광인'으로 보일 수밖에 없을 것이다. 제목이 '광인의 태양'인 이유가 여기에 있다.

육사의 시에는 이처럼 금강심에서 비롯된 비극적 구조가 깔려 있다. 비극적 구조는 상황판단의 오류에서 빚어진 것도 아니고, 소아적 영웅주의에서 비롯된 것은 더더욱 아니다. 그것은 모든 상황을 다 인지하고 그것의 파국적인 결말까지 의식하면서도, 이를 회피하지 않고 정면으로 꿰뚫고 나아가고자 하는 '금강심'이라는 숭고한 정신적 경지에서 비롯된 것이다.

이 금강심을 담을 수 있는 가장 적절한 형식은 무엇일까. 이제 이육사의 시 형식에 대해 살펴볼 차례가 되었다. 그의 시를 살펴보면 시 형식에 대한 거의 집착에 가까운 그의 고집을 읽을 수 있다. 그의 시들은 마치 고궁의 품석品石처럼, 아니면 그 바닥에 깔려 있는 포석鋪石처럼 좌우상하 가지런하고 반듯반듯하다. 한눈에 보아도 그것들은 어떤 규칙 아래 제어되고 있음을

알 수 있다. 그래서 그의 시는 자유시이지만 정형시와
같은 느낌을 준다. 그의 대표작「광야」를 살펴보자.

　　까마득한 날에
　　하늘이 처음 열리고
　　어데 닭 우는 소리 들렸으랴

　　모든 산맥들이
　　바다를 연모해 휘달릴 때도
　　차마 이곳을 범하든 못하였으리라

　　끊임없는 광음을
　　부지런한 계절이 피어선 지고
　　큰 강물이 비로소 길을 열었다

　　지금 눈 나리고
　　매화향기 홀로 아득하니
　　내 여기 가난한 노래의 씨를 뿌려라

　　다시 천고의 뒤에
　　백마 타고 오는 초인이 있어
　　이 광야에서 목 놓아 부르게 하리라
　　　　　　　　　　　　　　　「광야」 전문

이 작품은 자유시의 형식이지만, 전체적으로 아주 정제된 형식을 보여주고 있다. 전체 5연의 시가 모두 3행으로 통일되어 있다. 그리고 각 연의 행도 계단식 구조로, 첫 행은 짧고, 다음 행은 그보다 길고, 마지막 행은 가장 길게 배치되어 있다. 거의 정형시에 가까운 구조이다. 예외가 꽤 있기는 하지만 다른 시에서도 이런 구조가 다수 발견된다.

형식에 대한 그의 집착이 가장 드러나는 형태는 한 연을 이루는 행의 구성이다. 그의 시에서 한 연에 배치하는 행이 동일한 것은 거의 예외가 없다. 「절정」처럼 1연에서 2행을 사용하였다면, 모든 연을 2행으로 배열한다. 동일한 수의 시행을 규칙적으로 반복하는 이런 정형의식은 그의 시 전체에 공통적으로 드러나는 특징이다. 그리고 그의 대표작 「청포도」, 「절정」, 「광야」, 「꽃」 등이 예외 없이 이런 형식을 취하고 있다는 점이 중요하다. 이는 '금강심'을 담을 수 있는 가장 적절한 형식을 찾았을 때 그의 시가 성공적이었음을 말해주는 예가 된다. 이런 정형적인 형태야말로 금강심과 가장 잘 어울리는 형식이라는 사실을 이로부터 알 수 있다.

3. 금강심의 실체, 퇴계학이라는 '무서운 규모'

앞에서 이육사 시의 내용으로서 금강심이라 부를 수 있는 준열한 의지와 시적 형식으로서의 품석과 같이 정갈한 시행 구성을 살펴보았다. 그리고 이것은 따로 작동하는 것이 아니라 시의 내용과 형식을 아울러 결정하는 것이다. 그것을 포괄하여 말한다면 이육사 시의 원리는 금강심의 시학이라 부를 수 있다. 그런데 이것은 시의 문제만이 아니다. 금강심의 시학은 시의 원리만이 아니라 삶의 원리이기도 하다. 이육사가 말하였듯이 그에게서 시와 행동은 동일한 것이기 때문이다.

그렇다면 이 금강심의 실체는 무엇일까. 무엇이 그의 금강심을 떠받치고 있는 것일까. 이육사는 그의 수필에서 그것에 대하여 다음과 같이 말하고 있다.

본래 내 동리란 곳은 겨우 한 백여 호나 되락마락한 곳, 모두가 내 집안이 대대로 지켜 온 이 땅에는 말도 아니고 글도 아닌 무서운 규모가 우리들을 키워 주었습니다.*

그는 자신을 키운 것이 "말도 아니고 글도 아닌 무서운 규모"라 명명한다. 이때의 '규모'란 '본보기가 될 만한 틀이나 제도'란 의미의 규모規模이다. 그것은 무엇일까. 여기서 이육사가 퇴계 이황의 14대손이라는 사실을 밝힐 필요가 있다. 퇴계의 후손으로서 그 후손

---

* 이육사,「계절의 오행」, 심원섭 편,『원본 이육사전집』, 집문당, 1986, 221 쪽. 이 책은 이후『전집』으로 표기함.

들끼리 형성한 촌락에서 태어나 10대 중반까지 살아온 이육사. 그에게 필연적으로 영향을 끼친 이런 '무서운 규모'는 바로 퇴계 사상(즉 주리론)의 절대성, 그 권위의 절대성을 말하는 것이다. 이런 절대성은 퇴계가 "특히 영남계열 학자들을 대상으로 할 때에는 거의 신앙과도 같은 의미를 지니게 된다"*는 언급에서 드러나듯이 신앙의 상태에 도달할 정도로 강렬한 것이었다. 이것이 바로 시와 행동의 일원론을 외치게 한 것이라 할 수 있다.

육사가 태어난 곳은 안동에서 산골로 한참 들어간 도산면 원촌리이다. 이 원촌리에서 육사는 여섯 살 때 윤리 규범을 강조하는 『소학』을 배웠다. 그리고 그런 교육 과정은 경서 공부로 더욱 구체화된다. 육사가 7~8세에서 십여 세 남짓 되었을 때는 한여름이면 중국 유명 문학가의 한시와 명문장을 읽으며 창작도 하고, 가을이면 다시 『중용』·『대학』 등의 경서를 암송하며 공부하였다.

이육사의 삶에 결정적인 영향을 끼친 퇴계 사상의 기본 구조가 바로 비극적 구조이다. 그 사상의 원류는 공자의 사상인데, 『논어』에 "군자가 벼슬함은 군신의 대의를 행함이니, 나라에 도가 행하여지지 못함은 이미 알고 있는 바이다"라며 은자의 자세를 비판한 제자

---

* 윤천근, 「김성일 문파에 대한 연구」, 『안동문화』 13, 1992, 178쪽.

자로子路의 말이 나온다. 주자朱子는 그 의미를 더욱 강조하여 "일의 성공·실패와 그것을 대하는 자세를 스스로 구차하게 할 수 없다"는 뜻을 말했다. 일의 성패가 이미 결정되어 있다고 하여 대의를 생각지 않고 자신의 편안함만을 추구하는 것은 바로 스스로를 구차하게 만드는 것일 뿐이다. 그러기 때문에 군자는 일의 성패를 문제 삼지 않는다. 이러한 모습은 공자에 대한 그 시대 사람의 평가에도 나타난다. 자로가 석문石門에서 유숙할 때, 성문지기가 어디에서 왔냐고 묻자, 자로가 공자에게서 왔다고 하였다. 그러자 그 성문지기는 "바로 안 되는 줄 알면서도 하는 자 말인가?"하고 되물었다는 일화가 그것이다.

주리론자인 퇴계는 철학적인 논의를 통해 그 점을 더욱 강조하고 있다. 그는 "무릇 선비가 세상에 나서 벼슬을 하거나 집에 있거나 혹은 때를 만나거나 때를 만나지 못 하거나를 막론하고, 그 목적은 자기 몸을 깨끗이 하고 옳게 행하는 것뿐이니 화禍와 복福은 논할 것이 못 된다"고 하였다. 그 결과의 성패, 즉 화복禍福에 앞서는 것은 주체가 지닌 실천의 성실성일 뿐, 결과는 이미 고려의 대상이 아닌 것이다.

이육사의 금강심의 시학은 퇴계 사상의 영향이라 할 수 있다. 삶의 구차함 대신 대의를 위한 실천을 선택하는 금강심의 배후에 놓인 것이 퇴계 사상이다. 그는 이것을 내면화하여 현대시에서 보기 힘든 높은 정신적 경지의 시를 보여주었고, 다른 문인들이 감히 넘볼 수 없는 숭고한 삶을 보여주었던 것이다.

그의 금강심의 시학이 그의 최후를 어떻게 마무리하였던가. 이육사는 1943년 7월에 그의 모친과 맏형의 소상小祥에 참가하기 위해 잠시 귀국한다. 그리고 서울에 머물러 있던 중 그해 늦가을에 헌병대에 체포되어 북경으로 압송되었다. 그리고 1944년 1월 16일, 그는 북경의 어느 감옥에서 일제 경찰의 심문을 받고 그의 신산한 삶을 마감했다. 금강석과 같은 삶과 시 몇 알을 사리처럼 남겨 놓고. 자신이 이미 공언한 바, "내 기백을 키우고 길러서 금강심에서 나오는 내 시는 쓸지언정 유언은 쓰지 않겠다"던 약속 그대로, 유언 한 마디 없이.

* 박현수(시인. 문학평론가) 1992년 한국일보에 「세한도」로 등단. 시집으로 『우울한 시대의 사랑에게』, 『위험한 독서』, 『겨울 강가에서 예언서를 태우다』, 평론집 『황금책갈피』 등이 있음. 현재 경북대학교 국어국문학과 교수.

시인의 자료

형제들과 함께 한 사진

1930년대

부여여행때
신석초등과 함께 1938년

북경떠나기 바로 전의
이육사 1943년

서대문 형무소의 수형기록표

경주 불국사에서 친지들과 함께 앞줄 오른쪽 끝이 이육사

이육사의 시 「편복」의 친필 원고

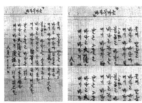

이육사 시 「바다의 마음」 친필 원고

"낡은 그물은 바다를 얽고
바다는 대륙을
푸른 보로 싼다."

육사의 2시집 『육사시집』 범조사. 1956년

항쟁抗爭의 시인 – 육사의 시와 생애

　타협을 조금도 모르던 시인– 40 평생을 쉴 새 없이 피검 투옥 고문 그러면서도 끝끝내 항쟁하다가 마침내는 북경형무소에서 옥사한 육사, 중국 군관학교를 거쳐 북경대학 사회과를 나온 그의 학력으로 미루어 보다시피 그는 시인으로서보다도 이활李活이라는 본명을 가진 혁명가로서 더욱 유명했던 것이다. 일제에 항거하여 일어선 그는 중국에서 항일 투쟁을 하다가 마지막 승리를 쟁취하기 위해서는 국내에서 직업 민족운동을 전개해야 한다는 그의 지론에 반대한 김모와는 결별하고 홀로 국내에 잠입하며 지하운동으로 피검, 대구형무소에서 3년간 미결수로 복역한 후로 그는 경찰서를 자기 집 출입하는 이상으로 빈번히 하였다. 어디를 가나 그의 뒤에는 형사가 뒤따르고 있었던 것이다.

　이러한 씨가 시를 쓰기 비롯한 것은 30을 넘어서부터였다고 하니 그의 이루지 못하는 꿈을 붓과 종이에 의탁하여 포백暴白 것이기에 10년을 두고 쓴 20여편 남짓한 그의 시는 전부가 애절하기 가슴을 졸아매는 것 같은 느낌을 주는 것이다.

그의 시 절정에서 보는 바와 같은 타협이라곤 조금도 모르던 초강楚剛한 성격– 서울서 피검되어 다시는 돌아오지 못할 길을 떠나게 된 북경으로 압송 도중 찻간에서 구상되었다는 광야 에서 보는 바와 같은 민족비분의 부르짖음 그러면서 해방을 예언한 듯한 암시?북경형무소에서 옥사하기 전에 씌여진 유고 꽃에서 풍기어 나오는 무서운 그의 자랑, 꺾지 못할 높은 자조?바로 이러한 것이 그 인간에게서도 그대로 젖어 나왔던 것이다.

우리 나라 허다한 시인들을 거개 내가 아는 바이나 여껏 나는 육사처럼 치열한 정신을 안으로 감추고 놀라우리만큼 자기의 자랑을 스스로 지키면서 칼날 같은 세대에서 칼날을 맞세우고 살아간 분을 보지 못했다. 그는 참다운 의미에서 멋쟁이였고 신사였었다.

내가 육사를 마지막 뵈온 것은 1941년 어느 여름날이라고 기억한다. 학교 선배인 R씨와 학생복을 입은 내가 고도 경주 남산 기슭에 자리잡고 있는 옥룡암이란 조그만 절간으로 육사 선생을 찾아간 것은 기나긴 여름해도 기울 무렵이었다.

그때 육사는 절간 조용한 방을 한 칸 치우고 형무소에서 수년 지칠 대로 지친 육체에 하물며 폐결핵이란 엄청난 병을 조용히 치료하고 있을 때인데 우리가 심방했을 때엔 앙드레 지드의 무슨 책인가를 누워서 읽고 읽다가 우리를 반가이 맞아주면서 정색하고는 지금도 막 행사가 다녀간 참인데 우리가 자기를 자주 찾아오는 것은 해로울 것이라고 타이르면서도 그러나 못내 반가워하는 것이었다.

그날따라 안경너머로 유난히도 반짝이던 그의 영롱한 인광, 이지에 빛나는 이마, 단장을 항상 짚고 거니는 그 가냘픈 체구 어디메에 그토록 치열한 투지가 숨어 있었던가.

청춘과 그리고 생명마저 송두리째 조국에 바친 그를 추모할 적마다 통분함을 금할 길 없다. 그렇게도 그리던 해방을 조금 앞두고 생명을 빼앗긴 시인! 그 북경 옥중이 얼마나 쓸쓸하였으랴만 그러나 그는 끝까지 항쟁하였으며 죽음으로써 이겼던 것이다.

"까마득한 날에 하늘이 처음 열리고"나는 지금 또 한 번 이 혁명시인이 남기고 간 광야를 가만히 외어본다. (박훈산)

이육사 유고시집 서문

육사가 북경 옥사에서 영면한지 벌써 2년이 가차워 온다. 그가 세상에 남기고 간 스무여 편의 시를 모아 한 권의 책을 만들었다.

시의 교졸巧拙을 이야기함은 평가平價의 일이나 한 평생을 걸려 쓴 시로는 의외로 수효가 적은 고인의 생활이 신산辛酸하였음을 이야기하고도 남는다.

작품이 애절함도 그 까닭이다.

서울 하숙방에서 이역야등異域夜燈 아래 이 시를 쓰면서 그가 모색한 것은 무엇이었을까. 실생활의 고독에서 우러나온 것은 항시 무형無刑한 동경憧憬이었다. 그는 한 평생 꿈을 추구한 사람이다. 시가 세상에 묻지 않는 것은 당연한 일이다. 다만 안타까이 공중에 그린 무형한 꿈이 형태와 의상을 갖추기엔 고인의 목숨이 너무 짧았다.

유작으로 발표된 광야 꽃에서 사람과 작품이 원열圓熱해가는 도중에 요절한 것이 한층 더 애닲음은 이 까닭이다. 육신은 없어지고 그의 생애를 조각한 비애가 맺은 백 편의 시가 우리의 수중에 남아있을 뿐이나 한 사람의 시인이 살고 간 흔적을 찾기엔 이로써 족할 것이다.

　살아있는 우리는 고인의 사인死因까지도 자세히 모르나 육사는 저 세상에서도 분명 미진한 꿈으로 시를 쓰고 있을 것이다. 그러나 유명幽明의 안개에 가려 우리가 그것을 듣지 못할 뿐이다.

1946 신석초 김광균 오장환 이용악

이육사 시인 연보

1904년 5월 18일(음 4.4)　경북 안동군 도산면 원천동(당시 원촌동) 881번지에서 진성 이씨 이가호李家鎬, 퇴계 이황의 13대손)와 허형許蘅의 딸인 허길許吉 사이에 차남으로 출생, 어릴 때 이름은 원록源祿, 두 번째 이름이 원삼源三, 자는 태경台卿

1909년 (5세)　신식학교, 보문의숙寶文義塾을 운영한 할아버지 치헌痴軒 이중직李中稙에게 전통 한학을 배웠다. 1894년 갑오의병을 일으켜 독립운동의 첫 장을 연 안동지방은 친일행위를 인정않는 엄격한 기풍이었다. 이런 풍토가 일제 강점기 최고의 저항시인으로 민족정신을 올곧게 지키는 바탕이 되주었을 것이다.

1916년 (12세)　1915년 조부 별세후에 가세가 기울기 시작, 가족은 이사를 거듭 대구에 정착. 명성이 자자했던 서병오에게 그림 수학.

1919년 (15세)　도산공립보통학교(보문의숙을 공립으로 개편) 1회 졸업

1920년 (16세)　안동군 녹전면 신평동 듬벌이로 이사, 부모를 비롯한 가족 모두 대구(남산동 662번지)로 이사. 석재石齋 서병오徐丙伍에게서 그림을 배움. 동생 원일源一은 글씨를 배워 일가를 이룸

1921년 17세　영천군 화북면 오동梧洞 안용락安庸洛의 딸 일양一陽과 결혼, 처가에서 가까운 백학학원(1921 설립)에서 1년간 공부. 둘째 이름 원삼 사용.

1923년 (19세)　백학학원에서 9개월간 교편 잡음

1924년 (20세)　4월 학기에 맞추어 일본 유학길에 올랐을 때가 만19세였다. 경찰기록 - 도교쇼오소쿠東京正則예비학교, 니뽄日本대학전문부, 검찰신문조서 - 킨죠우錦城고등예비학교 1년간 재학

1925년 (21세)　1월에 귀국,1922년 독립운동가 서상일이 민족계몽운동을 위해 세운 조양회관에서 신문화 강좌에 참여했다. 그는 이곳에서 만난 동지 이정기, 조재만 등과 자주 중국을 오가며 독립운동을 구상하며. 1926년 베이징 중국中國대학 상과 입학. 7개월간 재학. 혹은 2년 중퇴

1927년 (23세)　여름에 귀국, '장진홍의거(10월 18일)'에 얽혀 구속됨. 1927년 10월 18일, 조선은행 대구지점에 배달된 신문지로 싸인 선물상자를 은행 직원이 이상히 여겨 길거리에 내놓았다. 그러자 그 안의 폭탄 폭발로 경찰 4 등 6명이 부상. 미궁에 빠진 수사에 다급한 경찰은 대구의 애국지사를 무차별로 잡아 파쇼적인 고문과 폭력으로 자백을 강요. 여기서 1년 6개월간 이육사와 형제들은 온갖 고문후 투옥당함. 이 사건이 평생 17차례에 걸친 체포와 투옥의 시작이었다. 그후 진범 장진

홍이 체포로 이육사의 형제들이 아무 상관이 없었음이 밝혀짐에도 경찰은 1년 6개월만에 석방했다. 장진홍은 사형선고를 받고 자결.

1929년 (25세) 광주학생의거가 11월부터 시작 확산되면서 그해 8월 조선일보사 대구지국으로 직장을 옮긴 그는 10월에 잡지《별건곤》에 '대구이육사'란 필명으로 「대구사회단체개관」이란 글을 발표했다. 1931년 1월 3일에는 조선일보에 '이활'이라는 본명으로 첫 시「말」을 발표했다. 그 뒤에도 대구격문사건을 빌미로 체포되어 두 달 동안 수감되었다가 풀려나는 등 시련이 거듭되었다.

1930년 (26세) 1월 3일 첫 시詩「말」을 조선일보에 발표 (이활), 아들 동윤東胤 태어나 만 2세에 사망. 1월 중순 대구에서도 동맹휴학사태가 벌어지고, 대구일대에 일제 성토격문이 휘날렸다. 경찰은 대구청년동맹 간부인 이육사를 체포와 석방. 그해 중외일보 대구지사 기자로 임용되었다가 다시 체포와 증거불충분으로 석방. 조선일보사로 전근, 대구지국 근무.《별건곤別乾坤》에 이활李活, 대구이육사大邱二六四 이름으로 「대구사회단체개관大邱社會團體槪觀」 발표. 아호 '육사陸史'에 얽힌 에피소드가 있다. 이육사는 대구형무소에 수감되었을 때의 죄수번호 264번을 빌려 쓴 호 '대구이육사大邱二六四'였다. 그러다 반드시 일제 조선의 불행한 역사를 뒤엎겠단

투지로 죽일 육戮', '역사 사史'를 사용한 육사戮史'로 바꾸고'고기 육肉', '설사할 사瀉'의 '육사肉瀉'를 쓰기도 했다. 그러다'육사戮史'란 호는 일제의 눈에 띄니 산꼭대기 뜻인'육陸' 자로 바꾸라는 집안어른 조언에 따라'육사陸史'라는 호를 썼다.

1931년 (27세) 1월에 '대구격문사건'으로 붙잡히다. 3월 석방되다. 잦은 만주 나들이.

8월 조선일보 대구지국으로 옮기다. 만주에 3개월 머물다 연말에 귀국.

1932년 (28세) 3월 조선일보사 퇴사. 4월 혹은 5월 펑티엔으로 감. 7-8월 베이징과 텐진에 머물다.밀양출신 김원봉과 함께 의열단 설립했던 애국지사 윤세주를 만남. 베이징에서 난징으로 이동. 10월 20일에 난징 근교 탕산에 의열단이 세운 조선혁명군사정치간부학교 1기생 학원學員으로 입교, 군사간부교육을 받다. 장제스蔣介石의 후원으로 세워진 이곳은 '중국국민정부 군사위원회 간부훈련반 제6대'였다. 아침 6시부터 저녁 9시까지 교양과목과 군사학을. 교양과목은 정치학, 경제학, 사회학, 철학 등이며, 군사학은 통신법, 선전법, 연락법 등을 비롯하여 탄약, 폭탄, 도화선, 뇌관 등 제조법, 폭탄투척법, 피신법, 변장법, 서류은닉법, 삐라살포법, 암살법, 무기운반법, 철로폭파법, 열차운전법 등 다양했다. 교관은 한모, 왕현지, 김정우, 김원봉 등 중국인과 한국인이 뒤섞였음.

1933년 (29세) 4월 20일 1기생으로 졸업(26명), 졸업식에 연극공연함. 4월에 국내에서 『대중大衆』 창간임시호에 평문 「자연과학自然科學과 유물변증법唯物辨證法」 게재.(미리 투고한 원고), 같은 책에 「게재되지 못한 글 목록」에 '李戮史' 이름의 「레닌주의철학의 임무」가 등장. 5월에 상하이로 이동, 6월 상하이에서 루쉰魯迅 만남. 7월에 서울로 잠입.

1934년 (30세) 3월 20일 군사간부학교 출신 드러나 경기도경찰부에 구속됨. 동기생이자 처남인 안병철 자수 후 졸업생 연이어 검거됨. 이육사가 만주로 사라진 2년 전부터 요주의 인물로 지목되어 전국수배령 상태였었다. 그는 고문받으면서 끝까지 중국에서의 활동에 비밀을 지켜 석 달 뒤 기소유예 확정, 석방됨. 그해 7월, 안동경찰서의 이육사 감시보고서에 석방후에도 경찰로부터 철저히 감시받음. 시사평론 다시 집필 시작.

1935년 (31세) 이육사는 정인보가 주도하는 신조선사에서 일하면서 신석초 와 친교, 《신조선》에 7편의 시를 발표, 시인의 길을 걷기 시작. 이후 중외일보사, 조광사, 인문사 등 일터를 다니며 한시와 시조, 논문, 평론, 번역, 시나리오 등 다채롭게 재능을 보임. 루쉰의 소설 『고향』도 번역. 다산 정약용 서세 99주기 기념 『다산문집茶山文集』 간행에 참여, 신조선사新朝鮮社의 《신조선新朝

鮮》편집 참여, 본격적으로 시詩 발표.

1936년 (32세) 7월 동해송도원(포항 소재)에서 요양차 머문 경주 남산 옥룡암에서 쓴 시조 두 수를 신석초에게 보냈다. 이 작품들은 평시조 자수율의 전형적인 시조로서 그의 문학적 역량을 보여줌.

1937년 (33세) 서울 명륜동에서 거주, 평문의 성격 바뀜(시사에서 문학으로) 신석초, 윤곤강, 김광균 등과 함께 동인지『자오선』을 발간하고 대표작「청포도」,「교목」,「파초」등 서정적이고 상징적인 시를 발표. 정한모 교수는『나라사랑』16집에 실린〈육사시의 특질과 시사적 의의〉에서 칭찬은 이렇다. '그에 의하면 시는 행동이며 진정한 의미의 참여라고 한다. 그는 식민지적 압력에 대항하고 빼앗긴 조국을 되찾기 위하여 대륙을 전전하며 숱한 고난과 역경을 체험하였다. 이러한 역경과 인고의 극복노력은 기다림의 철학과 초인 의지로 승화된다. 온 몸을 내던진 헌신적 투쟁의 수형受刑의식으로 일제에 저항하여, 그러한 인고와 생명의 절정에서 끝없는 기다림과 초인에 대한 열망을 시로써 형상화함으로써 보다 진정한 저항 방식을 보여 준 것이다.'

1938년 (34세) 가을 신석초 · 최용 · 이명룡 등과 경주 여행, 가을에 신석초와 부여 관람. 12월 부친 회갑연

1939년 (35세) 종암동 이사, 8월「청포도靑葡萄」발표

1940년 (36세)   시「절정」,「광인의 태양」등 발표

1941년 (37세)   2월 딸 옥비沃非 태어나다. 이름은 기쁨 속에서도 경계하는 심정이 담긴 '기름지지 말라.' 란 뜻이다. 4월 부친상(서울 종암동 62번지), 가을에 폐질환으로 성모병원 입원.

1942년 (38세)   2월 성모병원 퇴원. 경주 기계 이영우 집에 머물다. 7월 신인사지神印寺址, 옥룡암玉龍庵에서 요양, 서울 수유리 거주

1943년 (39세)   태평양전쟁이 시작되자, 한국인을 방패막이로 삼으려는 일제는 내선일체를 표방하고 창씨개명과 일본어를 강요하고 한글 사용 금지에 분노한 이육사는 문예지에 한시漢詩만 발표한다. 석초에게 베이징행을 알리고 4월, 충칭과 옌안에 가서 무기반입계획을 가지고 일제와 싸울 계획을 했지만 7월 초 어머니와 형의 소상을 치르러 일시 귀국. 동대문경찰서 형사들에게 체포되었다. 며칠 후 베이징으로 압송되어 일본영사관 감옥에서 갖은 고문에 시달림.

1944년 (40세)   1월 16일 새벽, 베이징 네이이구內一區 동창후뚱東廠胡同. 일제시기에는 둥창후동東昌胡同) 1호에서 순국하다. 잦은 투옥과 고문으로 인한 쓸쓸한 주검을 동지이자 친척여성인 이병희가 화장, 동생 원창이 유골 인계, 미아리 공동묘지에 안장. 1960년에 고향 원촌 뒷산으로 이장했다.

1945년 동생 원조가 유시遺詩 「꽃」, 「광야曠野」를 찾아 발표됨.

1946년 동생 원조가 『육사시집陸史詩集』출판.

1968년 건국훈장 애국장(건국포장에서 1990년 기준 변화로 바뀜) 추서

2004년 탄신 100주년, 순국 60주기 맞추어 이육사문학관 개관, 생가 복원. 일제 강점기와 남북 분단 속에서 이육사의 형제들도 슬픈 역사와 이념의 희생자로 사망하거나, 뿔뿔이 흩어지고 말았다. 잦은 투옥과 고문으로 인한 폐질환속에서 암담한 일제 강점기의 혁명적인 지식인의 절절한 고뇌가 담긴 「청포도」, 「절정」, 「황혼」, 유고시 「광야」 등을 남긴 이육사. 그는 저항시인으로 우리 가슴에 잊어서는 안될 고맙고, 자랑스런 이름으로 새겨졌다.

엮은이　신현림 시인. 사진가
　　　　정본을 중심으로 육사의 시가 독자에게 더 가깝게
　　　　최소의 주석, 최대의 가독성을 위해 새롭게 편집,
　　　　자료와 연보를 두루 세세히 살폈으며, 시제도
　　　　새롭게 『매화향기 홀로 아득하니』로 묶었습니다.

한국 대표시 다시 찾기 101

매화향기 홀로 아득하니
이육사

1판1쇄인쇄	2018년 1월 25일
1판1쇄발행	2018년 2월 1일
지은이	이육사
펴낸이	신현림
펴낸곳	도서출판 사과꽃
	서울 종로구 옥인길74 (3—31)
이메일	abrosa@hanmail.net
전화	010—9900—4359
등록번호	101—91—32569
등록일	2012년 8월 27일
편집진행	사과꽃
표지디자인	정재완
내지디자인	강지우
인쇄	신도인쇄사

ISBN　979-11-88956-02-9 04810
　　　　979-11-962533-0-1 (세트) 04810
CIP2018002113
값　7,700원

* 이 책의 판권은 도서출판 사과꽃에 있습니다.